新　潮　文　庫

ハンニバル・ライジング

上　　巻

トマス・ハリス
高　見　　浩　訳

新　潮　社　版

8169

宮本武蔵筆「枯木鳴鵙図」
和泉市久保惣記念美術館所蔵

ハンニバル・ライジング

上巻

主要登場人物

ハンニバル・レクター………リトアニアの少年
ミーシャ…………………………ハンニバルの妹
ヴラディス・グルータス……リトアニアの対独協力者
エンリカス・ドートリッヒ…　　　　　〃
ツィグマス・ミルコ…………　　　　　〃
ペトラス・コルナス…………　　　　　〃
ブロニス・グレンツ…………　　　　　〃
カツィス・ポーヴィック……　　　　　〃
パスカル・ポピール…………パリ警視庁警視
ロベール・レクター…………ハンニバルの叔父。画家
紫夫人……………………………ロベールの妻

プロローグ

ハンニバル・レクター博士の記憶の宮殿の扉は、彼の頭脳の中心の暗闇《くらやみ》の中にあり、それをひらくための掛け金は手で探ることによってのみ見出《みいだ》せる。この不可思議な門をひとたびくぐると、初期バロック調の明るい広大な空間が広がっており、そこに存在する部屋や回廊の数はトプカピ博物館のそれに比肩《ひけん》する。

そこには至るところに展示品がある。適切な照明の下、たっぷりとした間隔を置いて配置されたそれらの展示品は、それぞれに記憶と結びついており、それらの記憶は加速度的に他の記憶を呼び醒《さ》ます。

ハンニバル・レクターの幼年時代のために割かれたセクションは、完全とは言えない点において、他のセクションとは異なっている。そこには白い漆喰で接合されたアッティカ様式の彩色土器のかけらのように、静的、かつ断片的な光景がある。かと思うと、音響と運動が渦巻き、暗闇でのたうちまわる大蛇が閃光《せんこう》に浮かび上がるような部屋もある。哀願と悲鳴に満たされた場所もあって、そこにはハンニバル自身ですら踏み入ることができない。だが、この宮殿の回廊には悲鳴も谺《こだま》しておらず、望むなら音楽すら聞くことができる。

宮殿の建築は、ハンニバルの学童時代にはじまった。その後の服役時代に、彼はこの宮殿の改良と拡張を心がけ、看守から長期にわたって書物をとりあげられたときも、その豊かな内包物によって支えられたのだった。

　であればこそわれわれは、彼の頭脳のこの熱い闇の中を共に手探りし、貴重な掛金を探そうではないか。幸いにそれが見つかったなら、回廊を満たす音楽を選び、右も左もかえりみることなく、もっとも断片的な展示品の集まる〝誕生の間〟に直行することにしよう。

　われわれはそれらの展示品に、戦争の記録や警察の記録から学んだ事柄や、尋問記録、鑑識記録、それに死者の物言わぬ姿態から学んだことを付け加えるだろう。最近発見されたロベール・レクターの書簡は、ハンニバルに関する枢要《すうよう》な基礎事実を措定する上で大きな一助になるはずである。これまでハンニバルは、官憲当局や彼の年代記作者を混乱させるために、重要な期日を恣意《しい》的に変えている事実があるのだ。この一連の努力を通して、われわれは、内なる獣が、乳房にすがっていた時期から風に抗して現世に踏み入っていった過程をつぶさに眺めることができるだろう。

第一部

私が最初に理解したこと
時間とは
森で振り下ろされる
斧《おの》の響きの谺なのだ

――フィリップ・ラーキン

1

ハンニバル〝峻厳《しゅんげん》〟公（一三六五—一四二八）は、五年の歳月をかけてレクター城を構築した。その際使役したのは、一四一〇年、ポーランド・リトアニア連合軍がドイツのチュートン騎士団に勝利したジャルギリスの戦いでとらえた捕虜の群れだった。完成した城塔に戦旗がひるがえった最初の日、公は城内の菜園に捕虜たちを集めると、絞首台《こうしゅだい》に立って彼らに語りかけた。約束にたがわず、彼は捕虜たちの帰郷を許した。が、捕虜の多くは公の保証する上等な食糧に魅《ひ》かれて彼の膝下《しっか》に留まる道を選んだ。

それからおよそ五百年余のある日、公から数えて八代目、当年八歳のハンニバル・レクターは、妹のミーシャと菜園に立って、濠《ほり》の黒い水面に浮かぶ黒鳥たちにパン屑《くず》を投げ与えていた。ミーシャはハンニバルの手につかまって身を支えていたため、何度か見当ちがいのところに餌《えさ》を投げてしまった。大きな鯉《こい》が睡蓮《すいれん》の葉を揺るがし、トンボが舞い上がった。

水面からボスの黒鳥が陸に上がってきた。短い脚でぺたぺた歩き、しゅっと低く啼《な》いて威嚇《いかく》しながら兄妹に近づいてくる。その黒鳥は生まれたときからハンニバルと顔馴染《なじ》みだったにもかかわらず、まだ彼に挑もうとする。大きく広げた黒い翼が空の一部を隠した。

「こわい、アンニバ！」ミーシャはハンニバルの脚の後ろに隠れた。

ハンニバルは父から教えられたとおり、両腕を肩の高さに持ち上げた。両手に柳の小枝を持っている分、広げた〝翼〟の長さが増す。黒鳥は立ち止まり、ハンニバルの〝翼〟のほうが大きいのを確かめると、また餌をついばみに水際《みずぎわ》に引き返した。

「ぼくとおまえ、毎日のようにこれをくり返しているよな」ハンニバルは黒鳥に語りかけた。けれども、その日はいつもの日とはちがう。黒鳥たちはどこに逃げ込めるのかな、とハンニバルは思った。

ミーシャが興奮して、しめった土にパンを落とした。それを拾ってやろうとハンニバルがかがみこむと、ミーシャははしゃぎながら、小さな星のような手で兄の鼻に泥をこすりつけてくる。ハンニバルもミーシャの鼻の頭に泥をちょっぴりなすりつけ、二人は濠の水面に映った自分たちの顔を見て笑い合った。

そのとき、大きな地響きが三度轟《とどろ》き、水面が震えて、映っている二人の顔が歪《ゆが》んだ。

遠くから爆発音が野面《のづら》を揺るがして伝わってくる。ハンニバルは妹を抱え上げると、城に向かって駆けだした。

中庭には狩猟用の荷車が一台、大きな輓馬《ひきうま》のシーザーにつながれていた。馬丁用の前掛けをつけたベルントと下男のロターが、三つの小型トランクを荷台に積み込んでいた。コックがランチを運んできた。

「ハンニバルさま、奥方さまがお部屋でお待ちです」コックは伝えた。

ハンニバルはミーシャを乳母の手に委《ゆだ》ねて、すり減った石の階段を駆け上がった。

母の部屋が、ハンニバルはことのほか好きだった。そこにはさまざまな香りが漂い、家具には男女の顔が彫りこまれていて、天井は美しく彩色されている――レクター伯夫人はミラノのスフォルツァ家とヴィスコンティ家の血を継いでおり、その部屋も彼女は丸ごとミラノから移植したのだった。

いま、彼女は胸騒ぎがしていて、明るい栗色《くりいろ》の瞳《ひとみ》には赤い火花のように明かりが反映していた。ハンニバルに手箱を持たせると、夫人は家具の刳形《くりがた》に彫られた天使の唇を押した。すると、秘密の収納部が口をあけた。彼女は宝石類をすくいあげて手箱に移した。書簡の束もいくつか移したが、すべてを移し切るのは不可能だった。

お母さんは、いま箱の中に落ちたカメオ細工のお祖母《ばあ》さんの顔に似ているな、とハンニバルは思った。

天井に描かれた雲。赤子の頃、母の乳房を吸うさなかに、ハンニバルはよく目をひらいたものだった。すると母の乳房が雲と渾然《こんぜん》と融け合って、ブラウスのへりが彼の顔に触れていた。乳母から授乳されたときもそうだった。彼女の金の十字架がたわわな雲のあいだで陽光のように輝いており、きつく抱きしめられるとそれが頬にくい込んだ。奥方に見つからないように、乳母はハンニバルの頬に残った十字架の痕《あと》をしきりに撫《な》でさするのが常だった。

しかし、いまは帳簿類を抱えた父、レクター伯が戸口に立っていた。

「急がないと、シモネッタ」

ミーシャの銅製のバスタブに、幼児の下着類が詰め込まれていた。レクター伯夫人はその中に手箱をしまった。部屋を見まわして、サイドボードの画架からヴェネツィアの絵の小品をとりあげ、ちょっと眺めてからハンニバルに手渡す。

「これをコックに渡してちょうだい。額縁を持つのよ」にこやかに笑いかけて、「裏の部分を汚さないでね」

ロターが中庭の荷車のところにバスタブを運んでいった。そのかたわらでは、騒然たる周囲の雰囲気に呑《の》まれて、ミーシャが不安そうにむずかっている。

ハンニバルは妹を抱き上げて、シーザーの鼻を撫でさせた。ミーシャは何度かシーザーの鼻をつまんで、いななくかどうか確かめていた。ハンニバルは穀物の粒をつかむと、それで中庭の地面に〝M〟という文字を描いた。たちまち鳩《はと》の群れが降りてきてついばみはじめ、地面に〝M〟の生きた鳩文字を描く。ハンニバルはミーシャの手をとって、その掌《てのひら》にも〝M〟の字を描いた。ミーシャは三歳になろうとしているのだが、いっこうに読み方を習おうとしない。まだ無理なんだろうな、とハンニバルは思っていた。「ほら、ミーシャ（Mischa）の〝M〟だぞ！」と、彼は言った。ミーシャは笑いながら鳩の群れのあいだを駆けまわる。鳩の群れは彼女の周囲から舞い上がり、塔の周囲を旋回してから鐘楼に舞い降りた。

コックがまたランチを持って出てきた。彼は大柄な男で、調理用の白い服を着ていた。馬のシーザーが目を丸くして彼を見ていたと思うと、耳を振りながらそのあとを目で追いかけた。まだ子馬だった頃、シーザーはコックに何度も菜園から追い出され、悪態をつかれたり、箒《ほうき》で尻《しり》を叩《たた》かれたりしたことがあったのである。

「わたしもここに残って、調理場の備品の積み込みを手伝おう」ヤコフ先生がコックに申し出た。

「いえ、ハンニバルさまと一緒にいってください」コックは断った。

レクター伯がミーシャを抱き上げて荷車にのせる。その腰にハンニバルは手をまわした。レクター伯がハンニバルの顔を手で包んだ。父の手が熱く疼《うず》いているのを感じて、ハンニバルは彼の顔をしげしげと見つめた。

「鉄道の駅が三機の飛行機に爆撃されたそうだ。ティムカ大佐は、彼らがここまで到達するにしても、まだ一週間の猶予《ゆうよ》はあるだろうと言っている。それに、戦闘がはじまったとしても、幹線道路沿いに展開されるだろうしね。だから、狩猟ロッジにこもっていれば心配いらんよ」

一九四一年六月二十三日、東ヨーロッパを席巻《せっけん》したヒトラーが電撃的にソ連に侵攻したバルバロッサ作戦の開始後、二日目のことだった。

2

森に入ると、ベルントが荷馬車の先に立って小道を進んでいった。シーザーの顔に小枝が当たらないように、彼はスイス製の矛で張り出した枝を薙《な》ぎ払った。ヤコフ先生は雌馬にまたがって、最後尾についていた。馬の背にかけたサドルバッグには、書物がたくさんつまっている。乗馬に馴れていない彼は、馬の首にしがみついて枝の下を通りすぎた。ときどき急坂にさしかかると、ヤコフ先生も馬を降りて、ロターやベルントやレクター伯と一緒に荷車を押した。一行が通りすぎるそばから、押しのけられた小枝が元に跳ね返って、また背後の道をふさいだ。

ハンニバルは車輪に押しつぶされた草の匂《にお》いと、膝《ひざ》に抱えたミーシャの、顎《あご》をくすぐる温かい髪の匂いをかいでいた。見上げると、はるか高空をドイツの爆撃機の編隊が飛んでいく。その背後に曳《ひ》かれている飛行機雲は五線譜にも似て、対空砲火の黒い雲がそこに音符を描いていく。ミーシャのために、ハンニバルはそのメロディを低くハミングしてみせたが、それは胸躍るような調べではなかった。

「そんなの、いや」ミーシャが言った。「ねえ、"Ein Mannlein（こびとがひとり）"をうたって、アンニバ！」

そして二人は、〝ヘンゼルとグレーテル〟の中の、森に棲《す》む不思議なこびとの歌をうたいはじめた。馬車に揺られながら、乳母も声を合わせて唱和しはじめる。背後で、馬にまたがったヤコフ先生もそれに加わった。ドイツ語の歌をうたうのを、彼は潔《いさぎよ》しとはしなかったのだが。

Ein Mannlein steht im Walde ganz still und stumm,
Es hat von lauter Purpur ein Mantlein um,
Sagt, wer mag das Mannlein sein
Das da steht im Walde allein
Mit dem purporroten Mantelein ——

こびとがひとり森の中で
黙りこくって立っている

緋《ひ》色《いろ》の服を着てひっそりと
ねえ、いったいだれなの
緋色の服を着てただひとり
淋《さみ》しげに立っているあのこびとは――

難儀しながら二時間歩いた末に、一行は高い緑の天蓋《てんがい》に覆《おお》われた空き地に出た。粗末な避難小屋から三百年かかって居心地のよい森の別荘に進化した建物、それが現在の狩猟ロッジだった。柱のあいだを煉瓦《れんが》が埋めている外面真壁造りで、雪が落ちやすいように屋根は鋭く傾斜している。母屋《おもや》に付属して、二つの馬房を備えた厩《うまや》と物置小屋があり、背後にはごてごてした木彫りのしてあるヴィクトリア朝風の野外便所もあった。その屋根は、塀代わりの生垣の上にわずかに覗《のぞ》いている。

ロッジの礎石のあいだにいまも見えるのは、中世の暗黒時代にヤマカガシを崇《あが》める人々がつくった石の祭壇の跡だ。

乳母が窓をあけられるようにロターが蔦《つた》を切り裂くと、一匹のヤマカガシがするすると祭壇から逃れ去るのをハンニバルは見ていた。

父のレクター伯は水を飲むシーザーの体を優しく撫でている。シーザーは井戸のバケツから一・五ガロンもの水を飲んでいた。

「ベルント、おまえが城にもどる頃にはコックも厨房《ちゅうぼう》の備品の梱包《こんぽう》を終えているだろう」伯爵《はくしゃく》は言った。「シーザーは馬房で一晩ゆっくり休ませよう。おまえはコックと明日の夜明けにもどってくればいい。とにかく、朝までに全員退去してくれ、頼むぞ」

レクター城の中庭に、ヴラディス・グルータスが入ってきた。愉《たの》しくてたまらないといった顔で城の窓を見まわしながら、彼は手を振って叫んだ。「おーい、だれかいるか！」

グルータスはくすんだ金髪の、細身の男だった。いまは私服を着ていたが、その薄青い目は虚《うつ》ろな空を切りとった小さな円盤を思わせた。彼はまた大きな声で呼ばわった。「だれもいないのか、中に！」

答えがないのを確かめると、がらんとした調理室に踏み込んでいった。床には食料品を詰めた箱が重ねられていた。彼は素早くリュックの中にコーヒーと砂糖をしまいこんだ。地下室に通じる扉がひらいている。長い階段を見下ろすと、明かりが見えた。

他者の棲み家を侵すのは、最古のタブーである。だが、根性の歪んだ人間にとって、ひそかに他者の家に忍び込む行為は、まさしくいまがそうであるように、魂の凍りつくような愉悦のもとになる。

グルータスは階段を降りて、丸天井の地下室に満ちるひんやりとした洞窟《どうくつ》の空気の中に踏み込んだ。部屋を仕切るアーチから奥を覗くと、ワインセラーの鉄のゲートがひらいていた。

カサカサという物音も聞こえる。レッテルの貼《は》ってあるワインラックには床から天井までボトルが詰めこまれており、二つのランタンの光を頼りに動きまわるコックの大きな影が見えた。中央の試飲用のテーブルには四角い包みがのっていて、かたわらには装飾を凝らした額縁入りの小さな絵が一つ置いてあった。

コックの大きな背中が目に入ったとき、グルータスは歯をむきだして笑った。いま、コックは大きな背中を入口に向けてテーブルの上を片づけている。カサカサと紙のこすれ合う音がした。

グルータスは階段の影に覆われた壁にぴたりと背中を押しつけた。

コックは小さな絵を紙でくるみ、厨房用のひもで縛って、他のものと同じ包みに仕立てた。片手にランタンを持つと、彼はもう一方の手をのばして、試飲用のテーブルの上の鉄のシャンデリアを引っ張った。ワインセラーの背後で、カチリという音。と同時に、ワインラックの片方の端が数センチほど手前に動いた。コックはその部分を大きく手前に引いた。呻《うめ》くように蝶番《ちょうつがい》がきしんでラックが動き、背後に扉が現れた。

ワインセラーの裏の秘密の部屋。入っていったコックは、ランタンの一つを壁にかけてから、試飲用のテーブルに置いてあった包みを運び込んだ。

それが終わると、またワインラックを元の位置にもどす。彼がこちらに背中を向けているすきに、グルータスは階段をのぼりはじめた。外で一発の銃声が響いた。次の瞬間、下からコックが叫んだ。

「だれだ！」

大柄な男にしては敏捷《びんしょう》に階段をのぼって、コックはグルータスの背後に迫った。

「止まれ！　おまえなんかのくるところじゃないぞ」

グルータスは調理室を駆け抜けて中庭に飛びだし、手を振りまわしながら口笛を吹いた。

隅にあった棍棒《こんぼう》をつかむなり、コックは調理室を駆け抜けて中庭に飛びだそうとした。そのとき、戸口にぬっと人影が現れた。見間違えようのない、あのヘルメットをかぶっている。短機関銃をかまえた三人のドイツ軍空挺《くうてい》隊員が調理室に踏み込んできた。背後にはグルータスがいた。

「よお、コックの旦那《だんな》」床の木箱から、彼は塩漬けのハムをとりあげた。

「ハムをもどせ」ドイツ軍の軍曹が言って、コックに向けたときと変わらぬ素早さでグルータスに銃口を向けた。「外へ出ろ。斥候のところにいけ」


レクター城にもどる道は下り坂になっていて、狩猟ロッジに向かった往路よりはずっと楽だった。荷台もからだったから時間もかからず、ベルントは手綱を腕に巻きつけてパイプをふかしながら進んだ。森のはずれに近づいたとき、木の梢《こずえ》から一羽の大きなコウノトリが飛び立とうとしているのが見えたような気がした。さらに接近していくと、白い翼と見えたものは布地であることがわかった。パラシュートが枝に引っかかっていたのだ。装着帯は切断されていた。ベルントは馬車を止め、パイプを口からとって地面に降りると、シーザーの鼻の上に片手をかかげて静かにその耳に語りかけた。それから、徒歩で用心深く前に進んだ。

低い枝から、粗末な民間人の服を着た男がぶらさがっていた。まだ絞殺《こうさつ》されたばかりらしく、針金が首にくいこんでいて、顔が青黒い。泥まみれのブーツが地上三十センチのところで揺れていた。ベルントは荷馬車のほうにさっと向き直った。狭い道のどこかに荷馬車の向きを変えられる場所があるといいのだが。荒れた路面を踏みしめる自分自身のブーツも、どこか見慣れないものに映った。

木立ちのあいだから、男たちが現れた。軍曹に率いられた二人のドイツ軍兵士と、民間人の服を着た六人の男たち。軍曹がこちらを見て、短機関銃のボルトを引いた。民間人の男たちの中に、ベルントの見覚えのある男がいた。

「グルータスだな」

「これは、ベルント、働き者のベルントか。何を見ても教訓を引き出すベルントだよな」いかにも親しげな笑みを浮かべて、ベルントのほうに近寄ってくる。

「こいつなら、馬を上手にあしらえますよ」グルータスはドイツ軍の軍曹に言った。

「おまえの知り合いなんだな」

「さあ、どうですかね」ベルントの顔に、グルータスはペッと唾《つば》を吐きかけた。「さっきのやつだって、ちゃんと絞め殺したでしょう、わたしは？　あいつも知り合いだったんですよ。こいつの馬車をいただきましょうや」低い声で、彼はつづけた。「わたしの銃を返してくだされば、こいつも城で始末してやりますよ」

3

ヒトラーの電撃戦《ブリッツクリーク》のスピードはいかなる予想をも上まわった。ベルントがレクター城で目にしたのは、ナチスの武装親衛隊髑髏《どくろ》師団の一中隊だった。濠《ほり》の近くには戦車二両と対戦車自走砲、それに半軌道トラックが数台止まっていた。菜園には庭師のエルンストがうつ伏せに倒れていて、その頭にはクロバエがたかっていた。

ベルントはそれを荷馬車の御者台から見た。馬車にはドイツ兵だけが乗っていて、グルータスをはじめとする男たちはその背後を歩かされていた。彼らはHilfswillige（自発的協力者）、俗に〝ヒヴィ〟とも呼ばれた、リトアニアの対ドイツ協力者たちだったのである。

高くそそり立った城塔の上では二人のドイツ軍兵士の手でレクター家の猪《いのしし》の家紋の旗が下ろされ、代わりに無線通信のアンテナと鉤《かぎ》十字の旗が掲げられているのがベルントの目に映った。

髑髏のマークのついた、親衛隊の黒い制服姿の少佐が城から出てきて、シーザーを検分した。

「なかなかいい馬だが、馬体の幅がありすぎて乗りこなせんな」残念そうに少佐は言った。勤務の合間に乗馬を楽しもうとして、彼は自分の乗馬ズボンと拍車を持ってきてあったのだ。このぶんでは、他の馬を探さなければなるまい。背後の城の中から二人の親衛隊員に両側を挟まれて、コックが引き立てられてきた。

「城主の一家はどこにいる？」少佐はベルントに質問した。

「ロンドンにいらっしゃいます」ベルントは答えた。「エルンストの死体を、何かでくるんでやってもいいでしょうか？」

少佐が部下の軍曹に何事か合図すると、軍曹はベルントの顎の下にシュマイザー短機関銃の銃口を押しつけた。

「で、おまえの死体はだれがくるんでくれるんだ？　その銃口の臭《にお》いをかいでみろ。まだ硝煙を発しているだろうが。おまえの浅ましい脳みそだって、一瞬のうちに吹き飛ばせるんだぞ」少佐は言った。「どうだ、城主の一家はどこにいる？」

ベルントはごくりと唾《の》を嚥み込んだ。「ですから、ロンドンに避難していかれました」

「おまえはユダヤ人か？」

「ちがいます」

「ジプシーか？」

「ちがいます」

少佐は城内のデスクから没収してきた書簡の束を見た。

「ヤコフという男宛《あ》ての手紙がある。おまえがユダヤ人のヤコフなのか？」

「ヤコフ先生は家庭教師です。先生もかなり前に疎開《そかい》されました」

少佐はベルントの耳たぶを調べた。ピアスの跡があるかどうか確かめたのだ。

「よし、おまえの一物を軍曹に見せろ。割礼してあるかどうか、確かめてやる」それから、「どうだ、ここで殺してほしいか、それとも、われわれのために働く気があるか、どっちだ？」

「この連中はみんな知り合いなんですよ、少佐殿」軍曹が言う。

「ほう、そうか。じゃあ、お互いによしみを通じているんだろうな」グルータスのほうを向いて、「〝ヒヴィ〟たるおまえにしても、われわれに対する好意よりも、同郷のユダヤ人に対する愛着のほうがずっと強いんじゃないのか？」少佐は部下の軍曹のほうを向いた。「この連中、果たしてわれわれにとって本当に必要なのかな、どう思う?」

軍曹はグルータスとその仲間たちのほうに銃口を向けた。「あのコックはユダヤ人ですよ」グルータスは言った。「われわれしか知らない有益な情報をお教えしましょう――あのコックに食事をつくらせてごらんなさい。みなさん方、ユダヤの毒を盛られて、一時間もしないうちにあの世行きでさ」彼は仲間の一人を前に押しやった。「この〈鍋男《なべおとこ》〉なら料理はお手のものです。それに、食糧の徴発や兵隊代わりの任務だってこなせますしね」

グルータスは中庭の中央にゆっくりと進み出た。軍曹の短機関銃の銃口がその動きを追う。

「少佐殿」グルータスは言った。「あなたのお顔にはハイデルベルクの決闘の傷跡が残っているし、ハイデルベルクの指輪もつけていらっしゃる。この城には、いまあなたご自身が達成しかけている戦功に通じる歴史があるんです。ほら、これ、この石はハンニバル〝峻厳《しゅんげん》〟公の仕置き石でして。あなた方のご先祖の、勇猛きわまるチュートン騎士団の騎士たちが何人もここで命を落としたんですよ。いかがです、いまこそユダヤ人の血でこの石を洗い清めるときでは？」

少佐は眉《まゆ》を吊《つ》り上げた。「おまえが是が非でも親衛隊に加わりたいというなら、実力でその座をかちとれるかどうか、ひとつ見物させてもらおうか」彼は軍曹にうなずいてみせた。軍曹はフラップ・ホルスターから拳銃《けんじゅう》を抜き出し、クリップの銃弾を一発だけ残して、グルータスに手渡した。二人の親衛隊員が仕置き石の前にコックを引っ張ってきた。

少佐は馬のシーザーの吟味のほうに興が乗っている様子だった。グルータスがコックの頭に拳銃を押しつける。少佐が注目してくれるのを待つ彼の顔に、コックはペッと唾を吐きかけた。

銃声が響いた瞬間、城塔からツバメが舞い上がった。

ベルントは二階に設けられた将校用の部屋に家具を運ぶよう命じられた。自分が失禁しているかどうか、彼はそっと確かめた。庇《ひさし》の下の小部屋で無線士が交信している音が聞こえた。大きな雑音交じりの肉声と符号による交信がおこなわれている。そのうち、無線士は片手に一枚の紙を持って、階段を駆け降りていった。と思うと、すぐに駆けもどってきて、あたふたと無線装置を解体しはじめる。部隊はさらに東方へ進撃することになったのだ。

あわただしい出発の模様を、ベルントは上階の窓から眺めていた。親衛隊の兵士たちはバックパック式の無線機を戦車から降ろして、後に残していく小人数の守備隊に渡している。グルータスとむさくるしい格好の民間人たちにはすでにドイツ軍の武器が渡されており、彼らは調理室の備品をすべて運びだすと同時に、何人かの支援者の手を借りて糧食を半軌道トラックの荷台に積み込んでいた。ドイツ軍の兵士たちはいっせいに各車両に乗り込んだ。遅れまいとして、グルータスが城の中から駆けだしてくる。部隊はグルータス以下の〝ヒヴィ〟たちを引き連れて、ソ連に向かって進撃を開始した。どさくさまぎれに、ベルントの存在は忘れ去られたようだった。

レクター城には機関銃と無線機を擁した戦車兵の一隊が残った。ベルントは古い城塔の便所にひそんで、暗くなるのを待った。ドイツ軍の守備隊は、中庭に歩哨《ほしょう》を一人配置して、調理室で食事をとった。彼らは調理室のキャビネットから何本かのシュナップスを見つけた。ベルントは頃合を見て、城塔の便所から出てきた。石の床がきしみ音を発しないのが、なんとありがたかったことか。

ドイツ軍が無線室に仕立てた部屋を、彼は覗《のぞ》いてみた。奥方の化粧台に無線機がのっていて、そこにあった香水の壜《びん》はすべて床に払い落とされていた。ベルントの視線は無線機に釘《くぎ》づけになった。菜園で死んでいたエルンストと、最後の瞬間グルータスの顔に唾を吐きかけたコックの顔が目蓋《まぶた》に浮かんだ。彼はそっと部屋に忍び込んだ。自分ごときが、無断で奥方の部屋に忍び込む無礼をわびたい気持で一杯だった。

やがて彼は靴下をはいただけの足で使用人用の階段を降り、裏門からそっと外に出た。両手には脱いだブーツと二基の無線機、それに充電器を抱えていた。無線機と手回し式の充電器はかなりの重量があった。全部で二十キロ以上はあっただろう。それを残らず森の中に持ち込むと、ベルントは入念にすべてを隠蔽《いんぺい》した。シーザーを連れ出せなかったことが心残りだった。

黄昏《たそがれ》と共に、一家は狩猟ロッジの暖炉を囲んで集まった。暖炉には火が燃えさかって、彩色された壁の丸太は赤く映え、このときばかりは壁を飾る動物の剝製《はくせい》の埃《ほこり》っぽい目も明るく輝いた。動物たちの頭部はかなり古く、何世代にもわたる子供たちから階段の手すりを通して撫《な》でられつづけてきたため、ほとんどつるつるに禿《は》げていた。

暖炉の端には、乳母の手でミーシャの銅製のバスタブが据えられていた。乳母はやかんの水を加えてお湯の温度を調整し、たっぷり泡立ててから、そこにミーシャを下ろした。ミーシャは嬉々《きき》として泡を両手で叩《たた》いた。タオルをとってきた乳母が、それを火の前に置いて温める。ハンニバルはミーシャの手から腕輪をはずし、泡の中につけてからふうっと吹いてシャボン玉を飛ばした。シャボン玉は火気にのって舞い上がり、両親と子供たちの明るい顔をつかのまそこに映してから、火の上で弾《はじ》けた。ミーシャは泡と遊ぶのが大好きだった。けれども、いまは腕輪を返してもらいたくて、それを元通り腕にはめてもらうまで騒ぐのを止《や》めなかった。

ハンニバルの母、レクター伯夫人は小型のピアノで対位法によるバロック音楽を奏《かな》でた。

室内には優美なメロディが流れ、夜のとばりが下りると共に窓は毛布に覆《おお》われた。森の木々の葉の黒い翼が彼らを押し包む。やがてベルントが憔悴《しょうすい》した面持ちでもどってきたとき、音楽が止んだ。彼の報告を聞くレクター伯の目には涙が宿り、夫人はベルントの手をとって撫でさすった。

ドイツ軍は時を移さずリトアニアを東部最高司令官直轄地《ちょっかつち》とし、〝オストラント〟という名称を与えた。そこにはいずれ、下級のスラヴ系住民が抹殺されたのちに、アーリア人が移住してくるはずだった。道路にはドイツ軍の車列があふれ、野砲を積んだドイツ軍の列車が引きも切らずに東方を目指して驀進《ばくしん》した。

その車列を、ソ連の戦闘爆撃機が爆撃し、機銃掃射を加えた。ソ連から飛来した大型のイリューシン爆撃機は、ドイツ軍の軍用列車に据えられた対空砲の激しい砲火をついて、車列に爆弾を浴びせた。


黒鳥たちは彼らの能力の許す限り高い空を飛んでいた。夜明けと共に彼らの上空を通過する飛行機の爆音にもめげず、四羽の黒鳥は斜め一列の隊形を組んで南を目指し、首を大きく伸ばして飛びつづけた。

対空砲火が空に炸裂《さくれつ》し、先頭をゆく黒鳥が羽ばたきながら体を折ったと見る間に、はるか下の大地に向けて落下しはじめた。仲間の黒鳥たちがそのまわりを旋回し、互いに啼《な》き交わしながら大きな弧を描いて降下してゆく。傷ついた黒鳥は広い野原に激突したきり、動かなかった。仲間たちが舞い降りてきて、彼の体を嘴《くちばし》でつついては不安そうな啼き声を発して周囲をまわる。

が、傷ついた黒鳥はもはやぴくりともしなかった。遠方で砲声が轟《とどろ》き、ソ連軍の歩兵部隊が草原の端の樹間を移動しているのが見えた。ドイツ軍の戦車が一両、溝を飛び越えたと思うと樹間を同軸機関銃で銃撃しながら草原を横断してきた。ぐんぐん、ぐんぐん接近してくる。ただ一羽残った雌の黒鳥が、死んだ仲間をかばうように立って、翼を大きく広げた。戦車の幅は翼の幅をはるかに凌駕《りょうが》しているというのに、黒鳥はたじろがず、彼女の高鳴る心臓のように大きなエンジン音を轟かせて驀進《こんしん》してくる戦車に対して、しゅっと低い威嚇《いかく》の啼き声を発した。最後の瞬間、黒鳥は渾身の力を翼にこめて戦車の車体を一撃した。戦車はそれに気づきもせず、瞬時に彼女たちを蹂躙《じゅうりん》して、肉と羽毛がどろどろにまざった塊をキャタピラーにつけたまま走り去った。

4

ヒトラーのソ連侵攻作戦のつづいた悲惨な三年半のあいだ、レクター一家は森の中でどうにか生き延びた。狩猟ロッジに至る長い森の小道は、冬季は雪で覆われ、春になると木々が生い茂った。夏のあいだ、湿地の土壌は軟らかすぎて、戦車が通行することはまず不可能だった。

ロッジには小麦粉と砂糖の蓄えが十分あって、最初の冬は大過なくすごせたが、何より助かったのは樽《たる》詰めの塩があったことだった。凍死した馬が見つかったのは二度目の冬のさなかだった。それは斧《おの》で切り捌《さば》かれ、肉が塩漬けにされた。川で釣った鱒《ます》、それにウズラの類も塩漬けにされた。

ときどき、夜闇を利して、私服姿の男たちが影のように音もなく森から現れた。レクター伯とベルントがリトアニア語で彼らと話し合った。シャツまでべっとりと血に染まった男が運び込まれたことが一度あった。その男は隅に置かれた簡易ベッドで、乳母に顔をぬぐわれながら息を引きとった。

雪が深くつもって食糧を集めることもままならなくなると、ヤコフ先生が毎日授業をおこなった。彼は英語を教えた。どうかと思う発音で、フランス語も教えた。エルサレムの攻囲にかなり重点を置いてローマ史の講義を行ったときは、家中の人間が聴講した。ヤコフ先生は歴史上の大事件や旧約聖書の逸話をドラマティックに語り、ときには、熱心に耳を傾ける聴衆のために、厳密な学問上の枠をとっぱらって、興味本位に物語ることもあった。

講義が他の面々の理解を超える水準に達すると、彼はハンニバルひとりに数学を教えた。

ヤコフ先生の蔵書の中に、十七世紀のオランダの物理学者、クリスティアーン・ホイヘンスの著した革装の本があった。『光についての論考』と題するその本に、ハンニバル少年は深く魅了された。ホイヘンスの思考の動きを追っていくと、彼が新理論の発見に近づいていく過程が手にとるようにわかった。ハンニバルは『光についての論考』を雪面の輝きや古い窓ガラスに映る虹《にじ》の屈折と関連づけて読み進んだ。ホイヘンスの思考の優美さは、冬の森の清潔で単純化されたライン、葉叢《はむら》の下に隠された枝の優美さに似ていた。箱の蓋をカチッとひらくと、中には必ず疑問に答えてくれる原理がひそんでいる。そのスリルには決して裏切られることがなく、彼は読み書きができるようになって以来ずっとそれを感じてきた。

ハンニバル・レクターは生まれながらに字を読むことができた。すくなくとも、乳母の目にはそう見えた。彼が二つになったとき、乳母は短期間、彼に本を読んでやることがあった。たいていはグリム兄弟の本で、木版の挿絵に登場する人物の足の爪《つめ》はみんなとがっていた。ハンニバルは乳母の胸に頭をもたせかけて、本の文字を目で追いながら彼女の読む声に耳を傾けていた。そのうち乳母は、ハンニバルが自分で本を読みはじめたのに気づいた。彼は本に額を押しつけ、目の焦点を絞るように顔をあげると、乳母のアクセントをそのままなぞりつつ、声にだして読みはじめたのだ。

ハンニバルの父親は飛びぬけて強い感情を一つ有していた――好奇心が強かったのである。息子に対する好奇心に誘われるままに、レクター伯は家僕に命じて、城の図書室から分厚い辞書をとりださせた。英語、ドイツ語、そして二十三巻に及ぶリトアニア語の辞書。それを使って、ハンニバルは自由に本を読めるようになったのだった。

六歳になったとき、ハンニバルの身には三つの重要な出来事が起きた。

一つ目は、ユークリッドの『原論』を発見したこと。それは手描きの図入りの古い版だった。ハンニバルは指先で図をたどり、額をそこに押しつけた。

そしてその秋、彼にはミーシャという妹ができた。ミーシャは皺《しわ》くちゃの赤いリスに似ているな、と彼は最初思った。どうしてミーシャはお母さんに似ていないんだろうと、内心残念に思った。

本心を包み隠さず言えば、もし、ときどき城の上を滑空している鷲《わし》が妹を抱えあげて、どこか遠くの僻地《へきち》の幸せな農夫の家まで優しく運んでくれたらどんなにいいだろう、とハンニバルは思ったのである。その農夫の家族がみんなリスのような顔をしていたら、妹はすんなりと一家に融《と》け込めるではないか。

けれども、それと同時に、ハンニバルは自分が否《いや》も応もなくミーシャを愛していることに気づいてもいた。いずれ妹が物心つくようになったら、いろいろなことを教えてやりたい、と彼は思った。そう、ぜひとも発見の楽しさを教えてやりたいと思っていた。

やはりその年、レクター伯は、息子が城塔の影の長さから塔の高さを割りだしていることを知った。ユークリッドその人の教えに従っているだけなんだ、と息子は説明した。そのとき、レクター伯は息子の家庭教師のレヴェルを上げることにしたのである――六週間後、ライプツィッヒから、文無しの学者、ヤコフ先生が到着した。

レクター伯は図書室でヤコフ先生に息子を引き合わせてから、一人その部屋を出た。

暑い季節の図書室には、城石にしみついた、低温でいぶしたような匂《にお》いが漂っていた。

ハンニバルは言った。「先生にはいろいろなことを教えてもらえるんだって、お父さんから聞いたけど」

「ああ、もしきみがいろいろなことを学びたいんだったら、力になれるよ」

「先生は偉大な学者なんだって」

「いや、わたしは一介の学徒にすぎないさ」

「先生は大学から追放されたんだって、お父さんがお母さんに話してたけど」

「そのとおりだとも」

「どうして追放されたの？」

「それはね、わたしがユダヤ人、正確には東ヨーロッパに定着したユダヤ人、つまりアシュケナジムだからなんだ」

「ふうん。それで、先生は悲しい？」

「ユダヤ人であることがかね？　いや、嬉《うれ》しく思っているよ」

「ぼくが訊《き》いたのは、大学から追放されて悲しいですか、ってことなんだけど」

「ここにくることができて、嬉しく思っているとも」

「ぼくって、勉強を教える価値があると思う？」

「どんな人間だって、勉強を教える価値はあるのさ、ハンニバル君。ひと目見て頭の悪そうな人間だと思ったら、ようく見るんだ。その人の心の中まで覗《のぞ》き込むんだよ」

「このお城にきて、先生はドアが鉄格子《てつごうし》に覆われている部屋を割り振られた？」

「ああ、たしかに」

「あの鉄格子には、もう鍵《かぎ》がかからないんだ」

「わたしも嬉しかったね、それがわかって」

「あの部屋はね、エルガーおじさんが幽閉されていたところなんだ」ハンニバルは言って、自分の前にペンを一列に並べた。「一八八〇年代だから、まだぼくが生まれる前のことなんだけど。部屋の窓ガラスをよく見てみるといいよ。おじさんがダイヤモンドでガラスを引っかいてつけた日付が残っているから。ここにある本は、みんなおじさんが書いたものなんだ」

　図書室の一つの書架には、革装の大部な書物がずらっと並んでいる。いちばん端の本は、黒く焦《こ》げていた。

「あの部屋はね、雨が降るといぶったような臭《にお》いがするよ。壁にはおじさんの怒鳴り声を聞こえなくするために、干し草の梱《こり》が並べられていたんだって」

「いま、怒鳴り声と言ったかい？」

「何か宗教に関することだったらしいけど、でも――先生は、〝卑猥《ひわい》〟とか〝猥褻《わいせつ》〟という言葉の意味、知ってる？」

「ああ」

「ぼくははっきりわからないんだけど、お母さんの前で言ってはいけないようなことを指してるんじゃないかな」

「わたしの解釈もそうだな」ヤコフ先生は言った。

「窓ガラスに刻まれた日付だけどね、あれは毎年、太陽があの窓に到達する日を指しているんだ」

「太陽を待っていたんだね、おじさんは」

「うん。で、その日がきたとき、おじさんはあの部屋を燃やしてしまったんだって。太陽の光が射《さ》し込むとすぐに、おじさんはここに並んでいる本を書くために使った単眼鏡で、干し草に火をつけてしまったらしいんだ」

　それからハンニバルは新任の家庭教師の先に立って、レクター城を案内してまわった。二人が通った中庭には大きな石塊があり、その平らな表面には馬をつなぐための環《わ》が埋め込まれていた。斧が振り下ろされた跡も残っていた。

「お父上からうかがったんだが、きみは城の塔の高さを測ったそうだね？」

「うん」

「で、どれくらいあった、高さは？」

「南の塔は四十メートル、もう一つの塔はそれより五十センチ低かった」

「天文測定器には何を使ったんだい？」

「あの石。あの石の高さと影を測って、それから同じ時刻の塔の影の長さを測ったの」

「あの石の側面は、正確な垂直面をなしてはいないだろう」

「ぼく、おもちゃのヨーヨーを錘重《すいじゆう》に使ったんだ」

「両方の計測を同時にできたのかい？」

「できなかったよ、ヤコフ先生」

「二つの影の計測をするあいだに、どれぐらいの誤差があったかな？」

「地球が四分間回転したから一度かな。あの石だけど、〝仕置き石〟って呼ばれてるんだ。乳母は〝ラーベンシュタイン（処刑場）〟って呼んでるけど。ぼくをあそこにすわらせるのは禁じられてるんだよ」

「なるほどね」ヤコフ先生は言った。「思ったより長いようだな、あの石の影は」

いつしか二人には、城内を散歩しながら議論を交わす習慣がついた。ヤコフ先生と並んで歩きながら、ハンニバルは、先生が先生自身よりずっと背の低い生徒と語り合うのにすこしずつ慣れていく様子を観察していた。ヤコフ先生はしばしば横を向いて、相手が子供であることを忘れてしまったかのように、ハンニバルの頭上の空間に向かって語りかけていることがあった。先生は自分と同じ年配の人と散歩したり、語り合ったりできた日々を懐《なつ》かしんでいるんじゃないのかな、とハンニバルは思ったりもした。

ヤコフ先生は下男のロタールや馬丁のベルントのような男たちとはどうやって付き合うのだろう。ハンニバルはその点に興味があった。ロタールやベルントは無骨で、それなりに世知に長《た》けていて、それぞれの仕事に熟練している。だが、彼らの頭の働き方は、先生とはまったくちがうはずなのだ。ハンニバルの見るところ、ヤコフ先生は自分の頭のよさを隠すでもなく、といって誇示するでもなく、だれかに向かってそれをむきつけにすることは決してない。暇な時間があると、先生はロタールやベルントに手製の経緯儀の使い方を教えたりしていた。食事はいつもコックと一緒にとっていたのだが、いつの間にかコックから錆《さ》びついたイディッシュ語をかなり引き出して、家族の面々を驚かせたりした。

城内の倉庫には、かつてハンニバル〝峻厳《しゅんげん》〟公がドイツのチュートン騎士団を叩《たた》くのに用いた投石器の部品が保存されていた。ハンニバルの誕生日が訪れたときのこと。ヤコフ先生とロタールとベルントは、投擲《とうてき》アームに新しい頑丈な材木を使用して投石器を甦《よみがえ》らせた。そして彼らは、水を入れた大樽を城の屋根より高く飛ばしてみせたのである。大樽は濠《ほり》の対岸に落下して水を盛大に振りまき、濠に浮かんでいた水鳥たちが驚いて空に舞い上がった。

少年時代を通じてハンニバルが最も鮮烈な喜びを味わったのは、その同じ週のことだった。誕生日のプレゼントとして、ヤコフ先生は、タイルと、砂場に刻印されたその跡を使って、数式を用いることなくピタゴラスの定理を証明する方法を教えてくれたのだ。ハンニバルはそれを食い入るように見つめて、周囲をぐるぐる歩きまわった。ヤコフ先生はタイルの一つをとりあげると、証明の方法をもう一度確かめてみたいかい、と問いかけるように、ハンニバルに向かって眉《まゆ》を吊《つ》り上げてみせた。そして、ハンニバルはすべてを理解した。その瞬間、まるで投石器で空に打ち上げられたような戦慄《せんりつ》を、彼は味わったのだった。

二人で議論を交わす際、ヤコフ先生は教科書を持ち出すことがめったになく、それを引き合いに出すことも稀《まれ》だった。

　八歳になったとき、それはどうしてなの、とハンニバルはたずねた。

「きみは、あらゆることを記憶したいかね？」ヤコフ先生は訊き返した。

「うん」

「あらゆることを記憶しようとすると、苦痛が伴うかもしれないよ」

「それでも記憶したいな、何もかも」

「じゃあ、きみはすべての知識を蓄える記憶の宮殿を持たなくちゃならん。頭の中に、一つの宮殿を設けるんだ」

「それは、宮殿じゃなくちゃいけないの？」

「知識を収納するところはどんどん拡大して、いずれ宮殿のような規模になるものなんだ」ヤコフ先生は言った。「だから、そこはとても美しい場所じゃないとね。きみがよく知っている場所で、しかも、いちばん美しい部屋はどこだい？」

「お母さんの部屋かな」

「じゃあ、そこを宮殿の最初の部屋にしようじゃないか」

　ヤコフ先生が着任した年の春、そして次の年の春も、ハンニバルとヤコフ先生は太陽がエルガーおじさんの部屋の窓に触れる瞬間を見守った。だが、三年目の春、彼らは城を逃れて森の狩猟ロッジに隠れていた。

5

一九四四——一九四五年　冬

ドイツの東部戦線が崩壊すると、ソ連軍は灰燼《かいじん》や黒煙に覆《おお》われた大地と、死者や飢餓に苦しむ人々を背後に残して、溶岩のように東ヨーロッパに押し出した。

ソ連軍は東部と南部から同時に反撃に転じ、第三白ロシア方面軍、並びに第二白ロシア方面軍がバルト海に向かって進撃した。敗走に追い込まれたナチスの武装親衛隊各部隊は、デンマークに船で脱出しようと海岸目指して絶望的な退却行をつづけた。

それは対ドイツ協力者、あの〝ヒヴィ〟たちの野望の終焉《しゅうえん》をも意味していたと言えよう。ナチスのご主人たちの歓心を買おうとして忠実に殺戮《さつりく》と略奪を重ね、多くのユダヤ人やジプシーたちを銃殺しても、彼らの中で正規の親衛隊員に登用された者は一人もいなかったのである。彼らはドイツ軍から〝Osttruppen（東方部隊）〟と呼ばれて、正規のドイツ兵扱いされることはほとんどなかった。それどころか奴隷《どれい》のような徴用部隊に編入されたあげく、死ぬまで働かされた者が何千人にものぼったのだった。が、彼らの中には首尾よく部隊を脱走して、生き残りを図った者も何人かいた……。

ポーランド国境の近くに、一軒の瀟洒《しょうしゃ》なリトアニア人の邸宅があった。その家は砲撃で壁が吹き飛ばされてしまったため、人形の家のように屋根から側面にかけて、ぽっかりとあいていた。住んでいた家族は最初の砲撃で地下室から追い出され、二度目の砲撃で止《とど》めを刺されて、一階の調理室に全員の死体が並んでいた。庭にはドイツ軍、ソ連軍、双方の兵士の死体が入り乱れて横たわっていた。ドイツ軍の幕僚車が横転していたが、砲弾の直撃を受けてその半分が吹っ飛んでいた。

居間の暖炉の前の長椅子《いす》に、親衛隊の少佐が一人、背もたれにぐったりとよりかかってすわっていた。ズボンの脚の部分に滲《にじ》んだ血が凍りついていた。部下の軍曹が寝室のベッドから毛布を引き剝《は》がしてきて少佐の体を覆い、暖炉の火を燃やしつづけた。が、空が丸見えではあまり効果もなかった。軍曹が少佐のブーツを脱がすと、爪先《つまさき》が黒く変色していた。そのとき、外で車の音がするのに気づいて、軍曹は肩から小銃を下ろして窓際《まどぎわ》に歩み寄った。

ソ連製のＺｉｓ44、半軌道の野戦救護車だった。国際赤十字の標識をつけていて、轟音《ごうおん》と共に砂利敷きの私道を接近してくる。

白い布を手に最初に救護車から降り立ったのはグルータスだった。

「われわれはスイス人です。負傷者がいるんですね？　何人ですか、そちらは？」

軍曹は首をよじって、背後を振り返った。「衛生兵ですよ、少佐殿。彼らと一緒にいきますか？」

少佐はうなずいた。

グルータスと、彼より頭一つ分背の高いドートリッヒが救護車から担架を引っ張り出した。

軍曹が外に出て、彼らに語りかけた。「そっと運んでくれよ、少佐殿を。脚を撃たれているんだ。爪先が凍っている。凍傷で壊死《えし》しているのかもしれない。野戦病院に連れてってもらえるのかい？」

「ええ、もちろんですとも。でも、わたしがここで手術してさしあげましょう」言うが早いか、グルータスはつづけざまに二発、軍曹の胸に撃ち込んだ。軍服から埃《ほこり》が散った。くたっと倒れた軍曹の体をまたいで中に踏み込むと、グルータスは毛布ごしに少佐の体にも弾丸を撃ち込んだ。

半軌道トラックの後部から、ミルコ、コルナス、それにグレンツの三人が飛び降りた。リトアニア警察、リトアニア衛生班、エストニア看護部隊、国際赤十字、と着ている制服はばらばらでも、全員が大きな衛生兵の標識のついた腕章をつけていた。

死体から貴重品を剝ぎとるにはかなりの手間を要する。略奪者たちは唸《うな》ったり悪態をついたりしながら死体と格闘し、書類や、財布に入っていた写真をまき散らした。親衛隊の少佐は虫の息ながら、ミルコに向かって手をあげた。ミルコは彼の腕時計を剝ぎとり、自分のポケットに突っ込んだ。

グルータスとドートリッヒはぐるぐると巻いたタペストリーを家の中から持ち出してきて、半軌道トラックの荷台に放り込んだ。

キャンヴァス地の担架を地面に置くと、彼らは腕時計や金縁眼鏡や指輪類を片っぱしからそこに放り投げた。

森の中から、戦車が一両躍り出てきた。冬の迷彩を施したソ連軍のT‐34戦車だった。機関銃手がハッチに立っていて、主砲が平原を薙《な》ぐように旋回していた。

一軒の農家の背後に隠れていた男が、突然外に飛び出してきた。金メッキの柱時計を抱えており、死体を飛び越えながら平原を横切って、森に駆け寄っていく。

戦車の機関銃が火を噴くと同時に、駆けていた男は前方によろめき、抱えていた時計もろとも前のめりに倒れた。男の顔が地面を打ち、時計の盤面も地面を打った。彼の心臓と時計は、共に一拍してから停止した。

「あの死体を確保しろ！」グルータスが叫ぶ。

男たちは担架に積まれた略奪品の上に死体を投げ下ろした。戦車の砲塔が彼らのほうを向くと、グルータスは白旗を振って、トラックの横腹に描かれた衛生班の標識を指さした。

戦車はそのまま前進していった。

最後にもう一度、男たちは家の中を見てまわった。親衛隊の少佐はまだ息をしていた。そばをグルータスが通りすぎようとすると、少佐は彼のズボンにしがみついて、離そうとしない。グルータスはかがみこんで、少佐の襟の徽章《きしょう》をつかんだ。

「この髑髏《どくろ》をつけてもらえるはずだったんだよな、おれたちも。たぶん、蛆虫《うじむし》どもが、あんたの顔の髑髏にもぐりこむだろうぜ」

彼はあらためて少佐の胸を撃ち抜いた。少佐はグルータスのズボンの裾を離し、自分の死亡時刻を確かめようとでもするかのように、腕時計を剝ぎとられた手首を見た。

半軌道トラックは死体をキャタピラーで押しつぶしながら野原を驀進《ばくしん》した。森のはずれに到達するとキャンヴァスが跳ねのけられて、グレンツが死体を放り出した。

　上空から、耳をつんざくような爆音が舞い降りてくる。ドイツ軍のシュトゥーカ急降下爆撃機がソ連軍戦車に襲いかかったのだ。シュトゥーカの機関砲が火を噴いた。が、戦車は森の厚い天蓋《てんがい》に覆われていた。堅固な装甲に守られた戦車兵たちの耳に、樹木のあいだに落下した爆弾の炸裂《さくれつ》音が聞こえた。大小の鉄の破片が戦車の横腹にぶつかって、ガンガンと鳴り響いた。

6

「きょうは何の日だか、知ってる？」狩猟ロッジの朝食の席で、薄粥《うすがゆ》を食べながらハンニバルがたずねた。「エルガーおじさんの部屋の窓に太陽が到達する日なんだよ」

「何時に顔を出すのかな、太陽は？」知らないふりを装《よそお》って、ヤコフ先生が問い返す。

「塔のうしろから顔を覗《のぞ》かせるのが、十時半だね」

「それは一九四一年の場合だっただろう。今年も同じ時刻に到達するというのかね？」

「うん」

「しかし、今年は三百六十五日より長いんだ。これからは一年に二十七秒ずつ失われていくんじゃなかったかい？」

「でも、ヤコフ先生、今年は閏年《うるうどし》の次の年でしょう。一九四一年もそうだったんだ。それが前回観測した年だったんだけど」

「じゃあ、暦は完璧《かんぺき》に対応しているのかな、それとも、われわれは大雑把な修正を加えて暮らしているんだろうか？」

暖炉でパチッと小枝がはぜた。

「いまのは、二つのまったく別な問いだと思うけど」ハンニバルは言った。

ヤコフ先生は喜んだものの、すぐにまた別の質問をくりだした。

「じゃあ、紀元二千年は閏年かな？」

「ちがうんじゃない――でも、そうだ、閏年だね」ハンニバルは言った。

「しかし、二千年は百で割り切れるぞ。四で割り切れる年のうち、百でも割り切れる年は閏年にはしないんじゃなかったかい」

「でも、二千年は四百ででも割り切れるから」

「その通り」ヤコフ先生は言った。「百で割り切れる年でも、同時に四百ででも割り切れる年なら閏年にする。これがグレゴリオ暦の三番目のルールだからね。紀元二千年は、このグレゴリオ暦のルールが初めて適用される年になるはずだ。たぶん、その年、きみが大雑把な修正をすべて乗り越えて命を長らえていたら、きっと、いまわたしたちが交わした会話を思い出すだろうね。そう、この特別な場所で、いま交わした会話を」ヤコフ先生はカップをかかげた。「来年こそは、またレクター城で暮らせますように」

その音に最初に気づいたのはロタールだった。井戸で水を汲《く》んでいると、ロウ・ギアで進むエンジンの咆哮《ほうこう》と、木の枝がバリバリと裂ける音が聞こえたのである。バケツを井戸の前に残したまま、濡《ぬ》れた足をぬぐいもせずに、彼はロッジの中に駆け込んだ。

白と藁色《わらいろ》で冬の迷彩を施したソ連軍のT－34戦車が馬の通う道をたどって、空き地に躍り込んできた。砲塔には赤いペンキのロシア語で〝われらがソ連の娘たちの復讐《ふくしゅう》を〟、〝ファシストの蛆虫どもを叩《たた》き潰《つぶ》せ〟と書かれており、砲塔の背後のラジエーターの上に、冬季用の白い戦闘服を着た二人の兵士が立っていた。砲塔が旋回して、戦車の主砲がぴたりとロッジに狙《ねら》いをつける。ハッチがひらいて、フードのついた白い戦闘服を着た銃手が機関銃の背後に立った。もう一つのハッチに、メガフォンを手にした戦車長が立ち上がった。ディーゼル・エンジンの騒音に負けないような大声で、彼はロシア語、ドイツ語、双方で要求をくり返した。

「われわれがほしいのは水だ。もし外に出てくれれば、諸君を傷つけもしなければ、食料を奪ったりもしない。ただし、もしわれわれに銃撃を加えたら、諸君全員の命はない。さあ、外に出てくるんだ。銃手、銃撃の用意をしろ。十数えるうちにだれも出てこなかったら、撃て」

カチッと大きな音がして、機関銃のボルトが引かれた。

レクター伯が外に歩み出た。陽光が降りそそぐなか、彼は胸を昂然《こうぜん》とそらして立ち止まった。両手に何も持っていないことは一目瞭然《いちもくりようぜん》だった。

「けっこう、自由に水を使いなさい。こちらはあなた方に危害を加えるつもりはないから」彼は言った。

戦車長はメガフォンをわきに置いた。「全員、われわれがよく見えるところに出てきてもらおうか」

伯爵《はくしやく》と戦車長はしばらく互いの顔を見つめあった。戦車長が自分の掌《てのひら》を見せると、伯爵もそれにならった。

伯爵はロッジのほうを向いて促した。「みんな、出ておいで」

現れた一家を見て、戦車長は言った。「子供たちは中にいてかまわん。そっちのほうが暖かいだろう」それから、銃手と部下の兵士たちに向かって命じた。「子供たちから目を離すな。二階の窓に注意しろ。よし、水を汲み出せ。タバコを吸ってかまわんぞ」

機関銃手がゴーグルを上に押し上げて、タバコに火をつけた。彼はまだ少年も同然で、目の周囲の肌がひときわ青白かった。扉の隙間《すきま》からこちらを覗いているミーシャを見て、彼は微笑《わら》いかけた。

戦車の胴体には、燃料タンクや水のタンクにまじって、ひもで始動させる式の石油動力の汲み上げポンプがくくりつけてあった。

戦車の操縦兵がフィルター付きのホースを井戸の中に下ろしていく。何度か始動装置のひもを引っ張ると、ポンプはがたがたと動きだし、かん高い音をたてて呼び水を注いだ。

シュトゥーカ急降下爆撃機の悲鳴のような爆音は、その騒音にかき消されていたのだろう。兵士たちが気づいたときには、すでにシュトゥーカが頭上に迫っていた。戦車の銃手は慌《あわ》てて機銃を旋回させ、必死にクランクをまわして銃口を上向けるなり撃ちはじめた。いち早く火蓋《ひぶた》を切っていたシュトゥーカの機関砲が、地面をミシン目のように掃射する。弾丸が戦車の装甲に当たって跳ね返った。銃手は腕に被弾したものの、もう一方の腕でなおも応射しつづけた。

シュトゥーカの操縦席の風防ガラスに、星の形に似た亀裂《きれつ》が走り、パイロットのゴーグルに血があふれた。なおも爆弾を一個抱えたまま、シュトゥーカは木の梢《こずえ》に激突した。そのまま枝をへし折りながらロッジの前庭にめり込んだと思うと、燃料が爆発した。激突した後もなお、主翼の下の機関砲は弾丸を放ちつづけていた。

ハンニバルはミーシャを抱え込むようにして、ロッジの床に身を伏せていた。顔を上げると、中庭に倒れている母親の姿が見えた。全身朱《あけ》に染まり、ドレスが燃えている。

「ここを動かないで！」ミーシャに叫ぶと同時に、ハンニバルは母親のもとに駆け寄った。

シュトゥーカの弾丸が暴発し、最初は緩慢だった炸裂が急に激しさを増していった。薬莢《やっきょう》が後方に飛んで雪に沈んだ。主翼の下に残った爆弾の周囲で、焔《ほのお》がめらめらと燃えあがっている。パイロットは操縦席にすわったまま絶命していた。スカーフとヘルメットが火にくるまれており、顔が焼けただれて、骨が露出していた。後部の席で機関砲手も死んでいた。

レクター伯夫妻を含めて、庭に出ていた人々の中で生き残ったのはただ一人、ロタ一だけだった。ハンニバルが駆け寄ってくるのを見ると、彼は血まみれの腕を持ち上げて制止しようとした。そのときミーシャも外に飛びだした。夢中で母親のもとに近寄ろうとするミーシャを、ロタ一はなんとか抱きとめて、地面に引きずりおろした。

そのロタールの体を、炎上するシュトゥーカから放たれた弾丸が貫通し、ミーシャの全身に血しぶきが降りかかった。ミーシャは両手を上げ、空に向かって悲鳴をあげた。燃えている母親のドレスに懸命に雪をかけていたハンニバルが、それに気づいて立ち上がった。乱れ飛ぶ弾丸の中を、妹に駆け寄って抱き上げる。ロッジの中に飛び込むなり、彼は地下室に駆け下りた。シュトゥーカの機関砲の砲尾で弾丸が溶解しはじめると、ようやく暴発も下火になり、やがて止まった。

日が暮れてきた。雪がまた降りはじめ、熱い鋼鉄に触れてしゅっと融けた。

周囲は闇《やみ》に呑《の》まれて、雪は降りやまない。どれだけ時間がたったのかわからないいま、ハンニバルはまた死体のあいだに立っていた。吹きつける雪が、母の睫毛《まつげ》や髪に白くこびりつく。それは黒焦《こ》げに焼けていない唯一《ゆいいつ》の死体だった。なんとかロッジのほうに引っ張っていこうとしても、死体は地面に凍りついてしまっている。ハンニバルは母の体に顔を押しつけた。母の胸は冷たく硬直し、心臓は静まり返っている。ハンニバルは母の顔にナプキンをかぶせ、体を雪で覆《おお》った。森の端に黒い動物の影が動いた。ハンニバルの持つ松明《たいまつ》の明かりが、狼《おおかみ》の目に映った。ハンニバルは彼らを怒鳴りつけて、シャヴェルを振りまわした。彼が止めるのも聞かずに、ミーシャが出てきて母親にすがりつく。十二歳のハンニバルは、そこで、決断するしかなかった。死者はもう闇に委《ゆだ》ねるほかない。彼はミーシャをロッジの中に連れ帰った。
ヤコフ先生の黒く焼け焦げた手のそばに、一冊の本が無傷のまま残っていた。やがて一頭の狼が革の表紙を食いちぎり、ホイヘンスの『光に関する論考』のページが散乱するなか、狼はヤコフ先生の脳漿《のうしょう》を雪の上から舐《な》めとった。
狼の群れが鼻息荒く嗅《か》ぎまわり、低く唸《うな》る気配を、ハンニバルとミーシャの耳はとらえていた。ハンニバルは暖炉に火を盛大にたいた。狼どものたてる物音を聞かせまいとして、彼は妹に歌をうたわせようとした。自分も率先してうたった。小さなミーシャの手が彼の上着をぎゅっと握りしめてくる。

Ein Mannlein……

こびとがひとり……

窓ガラスが白い雪に覆われている。手袋をはめた指がその隅をこすって、黒い円が現れた。その円の向こうから、薄青い目がロッジの中を覗きこんだ。

7

入口の扉がばたんとひらき、グルータスがミルコとドートリッヒを率いて乱入してきた。ハンニバルはとっさに壁から猪《いのしし》狩り用の槍《やり》をとりあげて立ち向かおうとした。が、グルータスは狡知《こうち》な反射神経にものを言わせて、ミーシャに銃を向けた。

「槍を捨てろ。さもないとこの子を撃つ。それでもいいのか？」

略奪者たちは二人の子供の周囲にむらがった。

一人外にいたグレンツが、半軌道トラックに向かって近寄ってくるように手を振る。それまで消されていた、半眼のようなトラックのライトが点灯して、庭の端にいた狼の目をとらえた。狼は何かを引きずっていた。

ロッジの中では、男たちがハンニバル兄妹を囲んで暖炉の前に集まっていた。暖炉にあたためられた男たちの衣服から、数週間に及ぶ野外生活のもたらした甘酸《あまず》っぱい腐臭がたちのぼる。ブーツの底にこびりついた古い血の臭《にお》いも、そこにはまじっていた。〈鍋男《なべおとこ》〉が自分の服から這《は》い出した小さな虫をつかまえると、親指の爪《つめ》でその頭を跳ね飛ばした。

男たちはしきりに咳《せき》をして、ハンニバルとミーシャに臭い息を吐きかけた。それは、ときに半軌道トラックのキャタピラーからこそぎ落とした肉まで食らった、腐肉主体の食事が引き起こした、餓《う》えた獣の息だった。ミーシャはその息に耐えられずに、兄の上着の中に顔を埋《うず》めた。妹を抱え込んだハンニバルは、彼女の心臓が激しく鼓動しているのを感じとった。ドートリッヒがミーシャの薄粥の鉢をとりあげ、残っていた粥を一気に喉《のど》に流し込んでから、火傷《やけど》の痕《あと》が残る、指と指が癒着した手で鉢の底の残《ざん》滓《し》をきれいにぬぐいとる。コルナスが自分の鉢を差し出しても、目もくれなかった。

コルナスはずんぐりした体軀《たいく》の男で、貴金属を見つけると、目が異様に輝く癖があった。彼はミーシャの手首から腕輪を抜きとって、自分のポケットにしまいこんだ。ハンニバルがその手をつかむと、グレンツが彼の首のわきをつねりあげた。ハンニバルの腕が麻痺《まひ》して、力が抜けた。

遠くで殷々《いんいん》と砲声が轟《とどろ》いた。

グルータスが言った。「どっちの側だろうと、もし偵察班がやってきたら、おれたちはここで野戦病院を設営していることにするんだ。おれたちはこのガキどもを救出し、一家の家財をトラックに積み込んで守ってやってるんだからな。すぐトラックから赤十字のマークをはずして、この家の扉の上に吊《つ》るせ。さあ、早く」

「いまトラックに積んである別の二人のガキ、あのまま放置したら、凍死してしまうぜ。あいつらのおかげで偵察班に怪しまれずにすんだんだ。きっとまた役に立ってくれると思うがな」〈鍋男〉が言った。

「じゃあ、厩《うまや》の奥の物置小屋にでも放り込んでおきな」グルータスは答えた。「鍵《かぎ》をかけて、閉じ込めておけ」

「だけど、あのガキども、いったいどこに行けるというんだい？」グレンツが言った。

「告げ口する相手もいないだろうに」

「いや、やつらの哀れな暮らしのことをおまえに訴えるだろうさ、アルバニア語でな、グレンツ。さあ、トラックにもどって、ガキどもを移してこいよ」

　吹雪をついて二人の子供をトラックから降ろすと、グレンツは彼らを物置小屋のほうに追い立てていった。

8

グルータスは細い鎖を持っていた。それをハンニバルとミーシャの首に巻きつけると、鎖は凍りついて二人の肌に癒着した。コルナスが重い南京錠《ナンキンじょう》を鎖にとりつけた。グルータスとドートリッヒはハンニバルとミーシャの鎖を階段の二階の踊り場の手すりにくくりつけた。そこだと彼らの邪魔にならない一方、一階からもよく見えたからである。

〈鍋男〉が寝室からおまると毛布を持ってきて、ハンニバルとミーシャの前に置いた。男たちがピアノのスツールを暖炉の火にくべるのを、ハンニバルは階段の手すりの隙間から見ていた。彼はミーシャの襟を鎖の内側に押し込んで、冷たい鉄が直接首に触れないようにしてやった。

雪はロッジの壁ぎわに高くつもり、上部の窓ガラスを通してしか灰色の光が射《さ》し込んでこない。横なぐりに窓に吹きつける雪、むせび泣くように吹きつのる風。ロッジの中はまるで驀進《ばくしん》している汽車のように感じられた。ハンニバルは自分と妹の体を、毛布と、踊り場に敷いてあった絨毯《じゆうたん》でくるみこんだ。そうすると、ミーシャの咳の音が外に洩《も》れなかった。ハンニバルの頬に触れるミーシャの額は熱く火照《ほて》っていた。上着の下から堅くなったパンの切れ端をとりだすと、ハンニバルはそれを口に入れ、十分に柔らかくしてから妹に与えた。

男たちの頭領格のグルータスは、数時間ごとに部下の一人を外へ追い出し、シャヴェルで入口の前の雪かきをさせた。井戸に至る道を確保するためだった。一度、〈鍋男〉が残り物を入れた鍋を物置小屋に運んでいった。

深い雪に閉じ込められると、時間は緩慢な痛苦を伴ってすぎてゆく。食糧がなくなり、彼らは物置小屋から〝肉〟を調達した。コルナスとミルコは、板で蓋をしたミーシャのバスタブをレンジにのせた。バスタブからはみ出した板は黒く焼け焦げた。〈鍋男〉は書物や木製のサラダボウルを火にくべた。片方の目でレンジに注意しながら、彼は日誌の書きもらしていた分をつけはじめた。まずは小さな略奪品を選り分けて数えるために、片端からテーブルに積み上げる。それから、日誌のページの冒頭に、仲間たちの名前を細い手で書き記した。

ヴラディス・グルータス
ツィグマス・ミルコ
ブロニス・グレンツ
エンリカス・ドートリッヒ
ペトラス・コルナス

そして最後に、自分自身の名前。

カツィス・ポーヴィック

各人の名前の下に、割り当てられた略奪品を記していく――金縁眼鏡、腕時計、指輪、イアリング、そして、盗んだ銀のカップで彼自身が重さを計った金歯。

グルータスとグレンツは何かに憑《つ》かれたようにロッジの捜索に熱中し、引き出しを乱暴に引きあけたり、タンスの裏を引きはがしたりしていた。

それから五日後に、天気が好転した。男たちは全員スノウシューズをはき、ハンニバルとミーシャを外に出して厩のほうに追い立てた。物置小屋の煙突から一筋の煙がたちのぼっているのに、ハンニバルは気づいた。厩の扉には、幸運のおまじないに、シーザーの大きな蹄鉄《ていてつ》が釘《くぎ》で打ちつけられていた。それを見て、シーザーはまだ生きているかな、とハンニバルは思った。

彼とミーシャはグルータスとドートリッヒの手で厩に押し込まれた。扉には鍵がかけられた。観音開きの扉の隙間《すきま》から、ハンニバルは外をうかがった。森の中に散開していく男たちが見えた。

厩はひどく寒かった。藁《わら》の中に、子供たちの服の断片が丸められていた。裏の小屋に通じる扉は閉まっていたが、鍵はかかっていない。ハンニバルはそれを押しあけてみた。小さなストーヴすれすれのところに、粗末な寝台から剝《は》ぎとった何枚もの毛布にくるまって、八歳くらいの少年がすわっていた。深く落ち窪《くぼ》んだ目の周囲が黒ずんでいる。かき集められるだけの服を重ね着していたが、そこには少女の服もいくつかまじっていた。ハンニバルはミーシャを自分の後ろに隠した。少年のほうも後ずさった。

「やあ」と、ハンニバルは声をかけた。リトアニア語、ドイツ語、英語、それにポーランド語で、同じことを言ってみた。少年はまったく答えようとしない。耳と指先が赤いしもやけで腫《は》れあがっている。

それから長い一日をかけて、寒さに震えながら、少年は自分がアルバニア人であることをなんとか伝えてきた。言葉もアルバニア語しか話せないらしい。彼はエイゴンと名のった。ハンニバルは自分のポケットを少年にさぐらせて、食べ物の有無を教えた。ミーシャにはさわらせなかった。少年が体に巻いている毛布を半分譲ってもらえないか、という趣旨のことをハンニバルが言うと、少年は素直に譲ってくれた。何か物音がするたびに少年はドキッと身を震わせて、入口のほうを見る。彼は片手で何かを切り刻むような仕草をしてみせた。

日の暮れる直前に、略奪者たちがもどってきた。その気配を耳にして、ハンニバルは厩の観音開きの扉の隙間から外をうかがった。

男たちは痩《や》せさらばえた一頭の小鹿《こじか》を引っ張っていた。脇腹《わきばら》に矢が一本突き刺さっていた。が、小鹿はまだ死んではおらず、よろめきながら歩いている。小鹿の首に輪にして吊るしてあるのは、どこかの家から略奪した品々だった。ミルコが斧《おの》をとりあげた。

「血を無駄にするなよ」熟練の調理人らしく、〈鍋男〉が注意する。

鉢を持ったコルナスが、目をぎらつかせながら駆け寄ってきた。

中庭で悲鳴があがった。そのときハンニバルは、斧が振り下ろされる音が聞こえないようにミーシャの耳を押さえていた。アルバニア人の少年は、助かった、という意味の叫び声をあげた。

それからだいぶたって、男たちが食べ終わると、〈鍋男〉がわずかな肉と筋が付着している骨を子供たちに与えた。ハンニバルはすこし食べ、ミーシャに与えるためによく嚙《か》んで、どろどろにした。それを指先にとって与えると汁が垂れてしまうため、彼は口移しに妹に与えた。

ハンニバルとミーシャはまたロッジに移されて、踊り場の手すりに鎖でつながれた。アルバニア人の少年はひとり物置小屋に残された。ミーシャの高熱が引かないため、体が熱く火照っている。ハンニバルは冷え切った埃《ほこり》の臭いのする絨毯にくるまって、力の限り妹を抱きしめた。

略奪者たちは一人残らずインフルエンザに倒れた。消えかかった暖炉の火に触れそうなくらい近くに寝そべって、彼らはお互いに咳をかけ合っていた。コルナスの櫛《くし》を見つけたミルコは、付着している脂《あぶら》を舐めとった。からのバスタブには、十分に煮立てられて肉片のかけらもついていない小鹿の頭蓋骨《ずがいこつ》が横たわっていた。

それからまた〝肉〟の調達が行われ、男たちは互いに顔をそむけながら唸り声を上げてしゃぶりついた。〈鍋男〉が軟骨と肉汁をハンニバルとミーシャに与えた。物置小屋のほうには何も持っていかなかった。

天気はいっこうに好転せず、灰色の雲が低くたれこめ、ときどき氷の重みで枝がバキバキと折れる音だけが森の静寂を破った。

食糧がまた底をついて何日もたってから、ようやく空が晴れた。風の止《や》んだ明るい午後に、男たちの咳き込む音がひときわ大きく響いた。グルータスとミルコが、スノウシューズをつけてよろめきながら外に出ていった。

高熱にうなされながらの長い夢から醒《さ》めたとき、彼らがもどってきた物音をハンニバルは聞いた。荒々しく言い争い、取っ組み合う音。手すりの隙間から覗《のぞ》くと、グルータスが血みどろの鳥の皮をしゃぶっているのが見えた。彼がそれを仲間に投げ与えると、男たちは犬のように飛びついていく。グルータスの顔には、血と羽毛がへばりついていた。その血まみれの顔をハンニバルとミーシャのほうに向けて、彼は言った。

「食わねえとな、生きちゃいけねえんだよ」

ロッジでの出来事に関してハンニバル・レクターの脳裏に明確に刻まれた記憶は、そこで尽きている。

母国におけるゴムの生産量不足のため、ソ連軍の戦車は鋼鉄の車輪のまま走行していた。それは操縦室に脳髄のしびれるような振動を与え、ペリスコープの視野を乱した。いましもＫＶ－１大型戦車が一両、凍《い》てつく寒気に包まれた森の道を突き進んでいた。ドイツ軍が退却するにつれ、最前線は日ごとに数キロも西方に移動していた。戦車後部のラジエーターの上には、冬季用戦闘服を着た二人の歩兵が身を寄せて乗っていた。彼らはドイツの人狼部隊《ヴェアヴォルフ》を見逃すまいと目を光らせていた。敗走するドイツ軍は、一撃で戦車を破壊できるパンツァーファウスト（対戦車擲弾筒《てきだんとう》）を戦意の異様に旺盛《おうせい》な兵士に持たせて、随所に残置していったのである。

前方の茂みで何かが動いた。車体後部に乗った兵士たちが銃撃する音を聞いて、戦車長はすぐさま戦車の向きを彼らの標的のほうに向けた。と同時に同軸機銃の銃口もそっちに向けた。が、彼の拡大接眼レンズがとらえたのは、茂みからよろぼい出てきた一人の少年の姿だった。兵士たちはまだ銃撃をつづけていて、少年のかたわらの雪が弾丸にはじき飛ばされている。戦車長はハッチに立ち上がって、銃撃を中止させた。実のところ、彼らはすでに何人かの子供たちを誤って射殺してしまっていたのである。きわどいところでその少年を殺さずにすんで、彼らは一様に安堵《あんど》した。

兵士たちの目に映った少年は、痩せて青白く、鍵のかかった鎖が首に巻かれていた。

鎖の端は虚《うつ》ろな輪になって引きずられている。戦車のラジエーターの横に少年をつれていって鎖を切断してやると、首の皮膚の一部が鎖と共に剝がれ落ちた。少年がぎゅっと胸に抱え持っていた鞄《かばん》の中には、高性能の双眼鏡が入っていた。兵士たちは少年を揺すぶって、ロシア語やポーランド語、即席のリトアニア語等でさまざまに問いかけた。そのあげく、少年には言葉をしゃべる能力が欠けていることに気づいたのだった。

兵士たちは互いに牽制《けんせい》し合って、少年から双眼鏡をとりあげることを控えた。少年はリンゴ半分を与えられて、砲塔の背後に乗せられた。そこでラジエーターの暖かな蒸気に包まれているうちに、戦車はとある村に着いた。

9

荒廃したレクター城で、対戦車砲と重ロケット・ランチャーを備えたソ連軍自動車化部隊が、一夜、難を避けていた。部隊は夜明け前に移動を開始し、中庭のあちこちに、雪の溶けたスポットが残された。そこには黒いオイルがしみこんでおり、城の入口には小型トラックが一台、エンジンをかけたまま残っていた。

近くの森から、グルータスと、生き残った一味四人が、いずれも衛生兵の制服を着て部隊の移動を見守っていた。眼前の中庭でグルータスがレクター一家のコックを射殺したときから、すでに四年の歳月がたっていた。が、彼らが死者を背後に残して、炎上する狩猟ロッジから逃げ出してきてからは、まだ十四時間しかたっていない。

はるか彼方《かなた》で爆弾の炸裂《さくれつ》音が地軸を揺るがし、対空砲火が空にアーチをかけていた。最後まで残っていたソ連軍の兵士が扉から出てきて、導火線をリールから繰り出している。

「くそ」ミルコが言った。「このぶんだと、貨車みたいにでかい岩が降ってくるぞ」

「かまわねえ、それでも城の中に入るんだ」グルータスが言った。

ソ連軍の兵士は階段の下まで導火線を引っ張ってきて切断し、そこにしゃがみこんだ。

「どうせあのおんぼろの城は、もう略奪されてるんだろう」グレンツが言った。

「セ・フテュ（もうおしまいだな）」

「テュ・トゥ・デバンド（じゃあ、ずらかるのか）？」ドートリッヒが言う。

「ヴァ・トゥ・フェール・アンキュレー（ぐずぐずしてんじゃねえよ）」グレンツが応じた。

マルセイユ近郊で髑髏《どくろ》師団の装備の再編が行われたとき、彼らは片言のフランス語を覚えたのだった。以来、何らかの行動に出るときには、緊張を和らげるために、互いにフランス語で悪態を応酬し合うのが習慣になっていたのである。そうして悪態をつき合っていると、フランスで味わった楽しい経験が甦《よみがえ》ってくるのだ。

階段にしゃがみこんだソ連軍の兵士は、導火線の端から十センチのところに刻み目を入れると、そこにマッチの頭の部分を押し込んだ。

「あの導火線、何色だかわかるか？」ミルコが訊《き》いた。

グルータスが双眼鏡を覗いた。「暗くてわからねえ」

ソ連軍の兵士は導火線に火をつけた。二本目のマッチの火に照らされた彼の顔が、森にひそんでいる男たちの目にも見えた。

「オレンジ色かい、それともグリーンかい？」ミルコが言った。「縞《しま》になってるか？」

グルータスは答えない。ソ連軍の兵士はわざと時間をかけてトラックに歩み寄り、早くこいよ、と同僚たちがトラックから叫ぶと、笑い声をあげた。背後の雪の上で、導火線がパチパチと火花を発している。

ミルコが息を殺して数をかぞえていた。

ソ連軍のトラックが見えなくなると同時に、グルータスとミルコは導火線に向かって地を蹴《け》った。二人がようやく駆けつけたとき、導火線の火は入口の敷居をまたごうとしていた。その至近距離まできて初めて、導火線の被覆に縞状の文字があることがわかった。**二分間に一メートル燃焼　二分間に一メートル燃焼　二分間に一メートル燃焼**。

グルータスはとっさに飛び出しナイフをひらいて、導火線の燃焼部分を切り離した。

「畑なんぞ、くそくらえ」ミルコが呟《つぶや》いて、階段を駆けのぼった。その呟きは十二歳のとき農家の実家を飛び出して以来、ここぞという行動に出るとき必ず唱えるようになった呪文《じゅもん》だった。導火線を追って城の中に突進し、ほかに導火線がないか、火薬がないか、血走った目で見まわす。大広間を横切り、導火線をたどって塔のほうに駆け寄っていくと、探していたものがあった。導火線は大きなリング状に巻かれた導爆線につながれていたのだ。ミルコは大広間に駆けもどって、叫んだ。「この導火線、輪になった導爆線につながれてんだ。導火線はこれしかない。やったな」

破城用の火薬は塔の基部をとりまくように積まれて、導爆線の輪につながれていた。ソ連軍部隊は玄関の扉をあけ放したまま出発していて、大広間の暖炉には、彼らのたいた火がまだ燃えつづけていた。裸の壁は落書きだらけで、暖炉の近くの床には、外と比べればまだしも暖かい城内での最後の狼藉《ろうぜき》というべきか、尻《しり》をぬぐった紙や大便が散らばっていた。

ミルコとグレンツとコルナスは、上の階を探した。

グルータスは自分についてくるようにドートリッヒに合図してから、地下室に通じる階段を降りていった。ワインセラーの扉を覆《おお》う鉄格子《てつごうし》は、鍵《かぎ》が壊されて、あけ放たれたままになっている。

グルータスとドートリッヒは、一つの懐中電灯を頼りに進んでいった。黄色い光線に照らされて、ガラスの破片がキラキラ光った。ワインセラーには、ヴィンテージ物のワインの空瓶が転がっていた。どれもみな、性急な男たちの手で、ネックの部分が叩《たた》き折られている。試飲用のテーブルは、先を争った略奪者たちに倒されて、奥の壁《かべ》際《ぎわ》に転がっていた。

「くそ」ドートリッツヒが言った。「一杯ぐいっとやる分も残ってねえときやがる」

「手を貸せ」グルータスが言った。二人はガラスの破片を踏みしだきながら、テーブルを壁際から離した。背後にデキャンティング用のろうそくがあったので、それに火をつけた。

「ようし、そのシャンデリアを引っ張るんだ」自分より背の高いドートリッツヒに、グルータスは命じた。「軽く引っ張るだけでいい。真下にな」

ワインラックがゆっくりと壁際から離れてくる。それを見て、ドートリッツヒは自分の拳銃《けんじゅう》に手をのばした。グルータスはワインセラーの背後の隠し部屋に踏み込んだ。ドートリッツヒもその後につづく。

「こりゃあ驚いたぜ！」彼は言った。

「トラックを呼んでこい」グルータスが命じた。

10

一九四六年
リトアニア

元レクター城の濠《ほり》の内側。水際の丸石の上に、十三歳になったハンニバル・レクターが立って、黒い水面にパン屑《くず》を投げていた。周囲の生垣が伸び放題の菜園は、いまや〝人民生活協同組合孤児院菜園〟と名前を変え、主として蕪《かぶ》が栽培されていた。濠とその水面は、ハンニバルにとって貴重な存在だった。濠は往時と変わらず、その黒い水面には、以前と同じように、銃眼を備えた塔の上を漂っていく雲が映っていた。

ハンニバルは孤児院の制服の上に、〝ゲーム抜き〟と絵の具で書かれた懲罰用のシャツを着せられていた。城壁の外の野原で行われるサッカー・ゲームへの参加を禁じられても、ハンニバルは口惜《くや》しくもなんともなかった。

ロシア人の御者に付き添われたシーザーが、薪《まき》を満載した荷車を引いて野原を横切るときは、サッカーも中断された。ハンニバルが厩《うまや》を訪ねていくと、シーザーは喜びを露《あら》わにしたが、蕪は好まなかった。

ハンニバルは濠を渡ってくる黒鳥の一家を眺めていた。戦争を生き延びた黒鳥のつがいは二羽の雛《ひな》をつれていた。まだふんわりとした羽毛に覆われた雛は、一羽が母親の背中に乗り、もう一羽が最後尾を泳いでいた。

土手の生垣を分けて、年長の三人の少年がハンニバルと黒鳥一家を見下ろした。

父親の黒鳥が岸に上がって、ハンニバルを威嚇《いかく》しようとする。

フォードルという名の金髪の少年が、仲間たちにささやいた。「見てろよ、あの黒鳥のやつ、すげえ勢いで羽ばたいて、あの薄ら馬鹿《ばか》に向かっていくから。あいつ、おまえが卵を盗《と》ろうとしてやられたときみたいに、ぶちかまされちまうぞ。そしたら、あの馬鹿が泣き声を出せるのかどうか、わかるさ、きっと」

ハンニバルはゆっくりと柳の枝をかかげた。すると黒鳥はすんなり踵《きびす》を返して、水中にもどってゆく。

がっかりしたフォードルは、自転車の赤いチューブで作ったパチンコをシャツからとりだし、ポケットをさぐって石をつかんだ。放たれた石は水際の泥に命中した。ハンニバルの両脚に泥が跳ねかかった。ハンニバルは顔をあげて無表情にフォードルの顔を見返すと、首を振った。フォードルの放った二発目の石は、泳いでいる黒鳥の雛の横の水面をえぐった。ハンニバルは黒鳥の一家に向かって、また柳の枝を振りかざした。と同時にしゅっと低い声を発して、黒鳥たちをパチンコの石の届かないところに追いやった。

城のほうでベルが鳴り響いた。

フォードルとそのとりまきの少年たちは、満足そうに笑い合って城のほうを振り返った。そのとき、いつのまにか土手を登りきっていたハンニバルが、生垣のあいだから抜け出して、根っこに大きな泥の塊のついた雑草を振り下ろした。泥の塊は宙を飛んでフォードルの顔に命中した。その瞬間、頭一つ分背の低いハンニバルは猛然と突進し、フォードルを急な土手の下の水際に突き落とした。驚きのあまり声も出ないフォードルを追って、ハンニバルはすぐ土手を駆け下りた。フォードルを黒い水中に引き込むなり彼の体を押さえつけ、パチンコの握りの部分でうなじを突く。何度も繰り返し突いた。その間、ハンニバルの顔は奇妙に無表情で、目だけが生き生きと動き、視野の隅が赤くけむっていた。そのうちハンニバルはフォードルの体を引き起こして裏返し、こんどは顔を狙《ねら》いはじめた。フォードルの仲間たちが土手を駆け下りてきた。

が、水中で闘う気はなく、大声で監視官に助けを求めた。主任監視官のペトロフが教官たちと共に駆けつけ、悪態をつきながら土手を駆け下りた。ピカピカに磨き上げたブーツは泥にまみれ、振りかざした棍棒《こんぼう》にも泥が跳ねかかっていた。

夜。レクター城の大広間。かつて壁を飾っていた絵画の類《たぐい》はすべて剝《は》ぎとられ、代わってヨシフ・スターリンの大きな肖像画が睨《にら》みをきかせている。制服を着た百人あまりの少年たちはすでに夕食を終え、分厚い木板のテーブルのわきに立って、〝インターナショナル〟を歌っている。すこし酔った院長が、フォークを振って指揮していた。

着任したばかりの主任監視官ペトロフと副監視官が、乗馬ズボンとブーツ姿でテーブルのあいだをまわり、全員が合唱に加わっているかどうか、目を光らせていた。ハンニバルは歌っていなかった。彼の顔の側面は青黒く腫《は》れ上がり、片方の目が半分ふさがっていた。別のテーブルでは、顔中擦り傷だらけになって、首に包帯を巻いたフヨードルが、ハンニバルのほうを睨みつけていた。彼の指の一本には添え木が当てられていた。

二人の監視官がハンニバルの前で立ち止まった。ハンニバルはひそかにフォークを掌《てのひら》の中に隠した。

「ちゃんちゃらおかしくて、われわれとは歌えないというのか、若君?」合唱の声に負けないような大声で、主任監視官のペトロフは言った。「残念だったな、おまえはもう若君じゃない、ただの孤児だ。さあ、みんなと一緒に歌え!」

主任監視官は手にしたクリップボードでハンニバルの頬を一撃した。ハンニバルは顔色一つ変えず、歌おうともしなかった。口の端から血が滴《したた》り落ちた。

「こいつは口がきけないいんですよ」副監視官が言った。「殴ったって無駄です」

合唱が終わり、静まり返った大広間に主任監視官の声が響き渡った。

「口がきけないにしてはこいつ、夜中に大きな悲鳴をあげてやがるぞ」

彼はもう一方の手で平手打ちをくれようとした。が、ハンニバルは掌中に隠し持ったフォークでその一撃を受け止めた。フォークの先が主任監視官の指の付け根に突き刺さった。主任監視官がテーブルをまわってハンニバルに襲いかかろうとする。

「やめろ! もう殴っちゃいかん。顔に跡がつくとまずいからな」多少酔ってはいても、この場を仕切るのは院長の特権だった。「わたしの部屋にこい、ハンニバル・レクター」

院長室には陸軍の余剰物資のデスクやファイルがあり、簡易寝台も二つ置かれていた。この城における匂《にお》いの変化を、ハンニバルがいちばん強烈に感じさせられるのは、この部屋だった。かつてこの部屋に漂っていたレモン・オイルの家具ワックスや香水の匂いの代わりに、ここにはいま、暖炉に放たれた尿の冷たい臭気が漂っているのだ。窓にはカーテンもなく、いまも残る装飾らしい装飾といえば、家具の表面を飾る彫刻の意匠ぐらいのものだった。

「ここは、おまえの母親の部屋だったんだろう、ハンニバル？　たしかに、女性的な雰囲気が残っているからな」院長は気まぐれな男だった。自分の失敗に足をすくわれそうになったときは、優しくもなれたし、残酷にもなれた。赤く充血した小さな目を見ひらいて、彼は返事を待っていた。

ハンニバルはうなずいた。

「ここで暮らしていくのは辛《つら》いだろうな、おまえにとっては」

反応はない。

院長はデスクから一通の電報をとりあげた。「しかし、おまえがここで暮らすのも、あとわずかだ。フランスからな、おまえの叔父さんがおまえを引き取りにくるんだよ」

11

いまは炉床に残っている火が、調理室の唯一《ゆいいつ》の明かりだった。その近くの椅子《いす》で、からのグラスを横に、調理人の助手がよだれをたらしながら寝込んでいる。ハンニバルは物陰から、じっとその様子を見つめていた。助手のすぐ背後の棚にのっているランタンが、どうしても必要だった。炉床の火の明かりを受けて、ランタンのガラスの火覆いがキラキラ輝いていた。

助手の呼吸は深く、規則的で、鼻炎を患《わずら》っている者に特有の重苦しい響きを伴っている。石の床をするすると横切ると、ハンニバルは調理人の助手が漂わせるウォッカとタマネギの匂いの中に踏み込み、彼のすぐ背後に立った。

あのランタンの針金の把手《とって》をつかんだら、きっときしみ音を発するだろう。むしろランタンの底と上部をつかんで、ガラスの火覆いがガタつかないようにしっかり押さえながら持ち上げたほうがいい。そう、まっすぐ棚から持ち上げるのだ。ハンニバルは両手でランタンをつかんだ。

薪がはじけて水蒸気がしゅっと噴き上がり、暖炉の火が勢いよく燃え上がる。はずみで火花が散って、小さな石炭の破片が炉床を飛び越える。その一つが、フェルトの裏地つきのブーツをはいた助手の足のすぐ手前に落ちた。

近くに何かいい道具がないか？　カウンターに筒状の容器があった。百五十ミリ砲弾の薬莢《やっきょう》で、木製のスプーンやヘラがたくさん入っている。ランタンをその場に下ろすと、ハンニバルはスプーンを使って石炭の破片を床の中央に跳ね飛ばした。

地下室への階段の扉は調理室の隅にある。そっと押すと、音もなくひらいた。そこを通って完《まった》き暗闇《くらやみ》の中に足を踏み入れ、上部の踊り場の模様を頭に甦《よみがえ》らせながら扉を閉めた。石の壁でマッチをすり、ランタンの明かりをつけて、見覚えのある階段を降りてゆく。下にいくにつれ、空気がひんやりしてきた。ワインセラーに向かって低いアーチをくぐってゆくと、ランタンの明かりが天井から天井へと揺れ動いてゆく。鉄のゲートはあけ放たれたままになっていた。

貯蔵されていたワインはとっくの昔に略奪されてしまっていて、その棚にはいま根菜類、主として蕪が積まれていた。そうだ、シーザーにもいいものを持っていってやろう、と思いつき、甜菜《てんさい》をすこしポケットに入れた。シーザーにとっては、それがリンゴの代わりになるはずだった。ただし、それを食べるとシーザーの唇が赤く染まって、口紅を塗ったように見えるのだが。

この孤児院で暮らすあいだに、ハンニバルは自分の城がさまざまな形で凌辱《りょうじょく》されるのを見てきた。貴重な品々はすべて盗まれ、没収され、粗末に扱われてきた。そうした経緯は余さず見てきたのだが、この地下室の様子だけは一度も見る機会がなかったのだ。ランタンを高い棚に置いて、ジャガイモやタマネギの袋を奥の棚の前から動かす。テーブルにのると、シャンデリアをつかんで引っ張った。が、何も起きない。いったんシャンデリアを放して、もう一度引っ張った。こんどは全体重をかけて、ぶらさがってみた。シャンデリアはがたんと揺れて三センチほど下がり、埃《ほこり》が舞った。奥のワインの棚が低く呻《うめ》くような音をたてる。ハンニバルは床に飛び降りて、そこに駆け寄った。わずかにあいた隙間《すきま》に指先をこじ入れると、ゆっくりと棚を手前に引いた。

壁から棚が離れるとき、蝶番《ちょうつがい》がかなりのきしみ音をたてた。上のだれかに聞かれたかもしれない。上で物音がしたらすぐに明かりを吹き消せるように、ハンニバルはランタンのところにもどった。が、物音はしなかった。

考えてみると、一家に忠実に仕えてくれたあのコックの姿を最後に見たのはここ、このワインセラーだったのだ。一瞬、あのコックの大きな丸顔が甦った。時間は往々にして死者の顔に薄いヴェールをかけるものだが、そのヴェールに覆《おお》われることもなく、コックの顔は鮮明に甦った。

ハンニバルはまたランタンを手にとって、ワインセラーの背後の秘密の部屋に足を踏み入れた。そこは見事にがらんとしていた。

大きな金箔《きんぱく》の額縁が一つ残っていたが、絵が切りとられていて、キャンヴァスのふちが毛羽立っていた。その額におさまっていたのは、〝ジャルギリスの戦い〟におけるハンニバル〝峻厳《しゅんげん》〟公の活躍を美化して描いた絵で、レクター城では最も大きな作品だったのだが。

いま、公の家系の末裔《まつえい》ハンニバル・レクターは、略奪された城内に独り立って虚《うつ》ろな額縁を覗《のぞ》き込みながら、自分は〝峻厳〟公の直系でありながら、しかもそうではないことを意識していた。彼の思い出はもっぱら、ミラノのスフォルツァ家の血を引く母や、彼自身の伝統とは異なる伝統に連なるコックやヤコフ先生に占められていたからである。彼の目に映る額縁には、いま、あの狩猟ロッジの暖炉の前につどう彼らの姿が甦っていた。

自分はいかなる意味でもハンニバル〝峻厳〟公とはちがう、と彼は思っていた。そう、彼は彼自身の少年時代の、彩色された天井の下で一生を送ることになるだろう。しかし、その一生は天国のように空疎《くうそ》で、ほとんど天国同様に無益なものになるにちがいない。そう、彼は信じていた。

ここにはもう何も残っていない。自分の家族同様に馴染《なじ》み深い顔が描かれた、あの絵の数々は。

この部屋の中央には、秘密の土牢《どろう》があった。それはハンニバル〝峻厳〟公が敵を放り込んだきり一顧だにしなかった石造の涸《か》れ井戸だった。のちにその周囲には、偶然の転落事故を防ぐために柵《さく》が設けられた。いま、その上にハンニバルがランタンをかざしてみると、暗い井戸の途中あたりまでが明かりに照らし出された。彼はかつて父親から、父親自身の少年時代には井戸の底にまだ骸骨《がいこつ》の山が残っていた、と聞かされたことがある。

あるときハンニバルは、何かのご褒美《ほうび》代わりに、籠《かご》にのせられて、この土牢の底まで下ろしてもらったことがあった。いまはランタンの明かりでも見えないが、ハンニバルは知っていた、この牢の底には、死にゆく者が暗闇の中で刻みつけた、“Pourquoi？（どうして？）”という不揃《ふぞろ》いな文字が残されていることを。

12

孤児たちは細長い就寝室で眠っていた。寝台は年齢順に並べられており、最年少の孤児たちの区画には、幼稚園に特有の鳥小屋の臭《にお》いが漂っていた。そこでは子供たちが身を丸くして眠っていた。なかには忘れられない死者の名前を呼んで、夢に現れた者の顔に、この先二度と見出《みいだ》せない優しい思いやりの情を見ている子供もいた。

さらに奥のほうの、もうすこし年上の子供たちの区画では、上掛けの下でマスターベイションにふけっている少年たちもいた。

孤児たちは例外なく小型トランクを持っており、各ベッドの上の壁には自分たちの描いた絵や、稀《まれ》に、家族の写真を貼《は》れるスペースがあった。

ここでは一様に、ずらっと並んだベッドの上に、クレヨンで描いた稚拙な絵が貼られていた。

ハンニバル・レクターのベッドの上に貼ってあるのは、幼児の手と腕をチョークと鉛筆で描いた印象的な絵だった。幼児が何かを撫《な》でようとして伸ばした、ぽってりとした腕。それが短縮遠近法で描かれていて、切ない、見るものの心をとらえて離さない仕草が永遠の中に刻まれている。手首には腕輪がはめられていた。その絵の下で、ハンニバルは、ときどき目蓋《まぶた》をひくつかせながら眠っている。顎《あご》の筋肉が収縮し、夢の中で鼻をかすめる死の吐息をかいで、鼻腔《びこう》がひらいては歪《ゆが》んでいる。

森の中の狩猟ロッジ。ハンニバルとミーシャは冷え切った埃の臭いのする絨毯《じゆうたん》にくるまっている。氷の張った窓を通して、屈折した緑色と赤色の光線が差し込んでいる。突風が吹きわたったかと思うと、煙突を通っていた空気がつかのま停滞する。鋭い傾斜の屋根の下や、踊り場の手すりの前に、青い煙がわだかまる。入口の扉がばたんとひらいたのに気づいて、ハンニバルは手すりの隙間からそっちを見る。レンジにはミーシャのバスタブがのっていて、〈鍋男《なべおとこ》〉がちぢこまった何かの根茎と一緒に角のついた小鹿《こじか》の頭蓋骨《ずがいこつ》を煮立てている。沸騰《ふつとう》した湯に揺すられて角がバスタブの金属製の側面にぶつかり、あたかも小鹿が敵を角で突こうと最後の反撃を試みているような音をたてる。一陣の冷気と共に入ってきた〈青目〉と〈火傷指《やけどゆび》〉がスノウシューズを脱いで壁に立てかける。他の連中が二人を囲み、〈鉢男〉が凍傷にかかった足でどしどしと床を踏んで隅のほうから出てくる。〈青目〉が痩《や》せさらばえた三羽の小鳥をポケットからとりだし、なかの一羽を丸ごとバスタブの湯に投じて、皮が剝《は》ぎとれるくらいまで煮る。血と羽毛が顔にこびりつくのもかまわず、彼は血まみれの小鳥の皮をしゃぶる。男たちが周囲にむらがる。彼が皮を投げ与えると、男たちは犬のようにそれに飛びつく。

血まみれの顔を踊り場のほうに向けると、〈青目〉は羽毛をペッと吐き出して言う。

「食わねえとな、生きちゃいけねえんだよ」

男たちはレクター家のファミリー・アルバムとミーシャの紙のおもちゃ、彼女のお城と紙の人形を火にくべる。ハンニバルは突然、階段を降りた実感もないまま、暖炉の前に立っている。次の瞬間、ハンニバルとミーシャは厩《うまや》にいる。そこでは丸められた衣類が藁《わら》の上に放り出されている。血でごわごわした、ハンニバルには見覚えのない子供の衣類だ。そのとき、男たちがむらがってきて、ハンニバルとミーシャの体の肉をまさぐる。

「妹のほうをつれていけ。どうせ病気で死ぬんだ。さあ、おいで、一緒に遊ぼうや」

男たちは歌いながらミーシャをつれていく。

Ein Mannlein steht im Walde ganz still und stumm……

こびとがひとり森の中で　黙りこくって立っている……

ハンニバルはミーシャの腕にとりすがるのだが、二人は強引に戸口のほうに引きずられてゆく。それでもハンニバルが妹にしがみついていると、〈青目〉が重い厩の扉を彼の腕にぶつける。骨が砕けるような痛みが彼を襲う。また扉をあけて外に出た〈青目〉は、薪《まき》を手にもどってきて、ハンニバルの側頭部を一撃する。すさまじい衝撃が彼を襲い、目の奥で閃光《せんこう》がひらめく。そこへまたしても薪の一撃。ミーシャが叫ぶ――〝アンニバ！〟

そして衝撃は、主任監視官がベッドのフレームを杖《つえ》で叩《たた》く音に変わった。ハンニバルはうなされて叫んだ。「ミーシャ！　ミーシャ！」

「うるさい！　黙れ！　さあ、起きろ、小わっぱ！」主任監視官は寝台から剥ぎとった上掛けをハンニバルに投げつけた。

外に出ると、ハンニバルは杖に追い立てられて冷たい土の上を道具小屋のほうに進んだ。主任監視官は彼を小屋の中に突き飛ばしてから、自分も中に入った。小屋の壁には園芸用の道具やロープ、それに大工道具などがかかっていた。ランタンを樽《たる》に置くと、主任監視官は包帯をした手をハンニバルの前に突きつけて、杖を振り上げた。

「いいか、この手の償いをさせてやるからな」

その瞬間、ハンニバルはたじろいだように見えた。が、明かりから遠ざかって壁沿いにまわりながら、それと名指せるいかなる感情も彼の心中には湧《わ》いていなかった。主任監視官はハンニバルの動きから恐怖を読みとり、明かりを背にして彼を追った。そして、ハンニバルの太腿《ふともも》をしたたかに杖で打ち据えた。ハンニバルはランタンの前までまわってきた。そこで小さな鎌《かま》をとりあげると、ランタンの火をふっと吹き消した。闇の中に仰向《あおむ》けに横たわり、両手に握った鎌を頭の上でかまえる。追いすがってくる足音を聞き、それが頭上を通りすぎた瞬間、鎌を振りまわした。鎌は闇を切り裂いたが、手応《てごた》えはなかった。扉が閉まって、ジャラジャラと鎖がかけられる音がした。

「口のきけないやつを打ち据える利点はな、そいつが告げ口できないってことさ」主任監視官は言った。彼は副監視官と並んで、城内の砂利敷きの中庭に駐《と》まったドライエを眺めていた。鮮やかなブルーのボディのその車は、フランスの自動車製造技術の精華と言ってよかっただろう。左右のフロント・フェンダーには、ソ連と東ドイツ、両国の外交官旗が立っていた。角張った戦車やジープを見慣れた者の目に、ドライエはいかにも戦前に製造されたフランス車らしく、華やかで艶《つや》っぽく見えた。あの横っ腹にナイフで〝くそったれ〟と彫り込んでやりたい、と主任監視官は思ったが、車のそばに立っている運転手は大柄で、警戒の目を光らせていた。

ドライエが到着したところを、ハンニバルは厩から眺めていた。が、すぐに駆け寄ったりはせず、ソ連軍の将校とつれだって城の中に入ってゆく叔父の姿を目で追っていた。

そばにはシーザーがいる。ハンニバルはシーザーの頬にぴったりと掌《てのひら》を当てた。シーザーは長い顔を彼に向けて、燕麦《えんばく》を咀嚼《そしやく》している。シーザーはロシア人の馬丁から親身に面倒を見てもらっているようだった。ハンニバルはシーザーの首を優しく撫でて、よく動く耳に顔を寄せた。が、彼の口からはどんな言葉も出てこなかった。代わりに彼はシーザーの両目のあいだにキスしてやった。

厩の二階の奥の、二重の壁にはさまれたスペースには、ハンニバルの父親の双眼鏡が吊《つ》り下がっていた。ハンニバルはそれを首にかけて、荒れ果てた中庭を横切っていった。

階段のほうで、副監視官が彼を探していた。鞄《かばん》の中に、ハンニバルの数すくない所持品が詰め込まれていた。

13

院長室の窓ぎわに立ったロベール・レクターは、自分の運転手がタバコと交換に、小さなソーセージとパンを調理人から入手するところを見ていた。兄の死がほぼ間違いないと確認されたので、ロベール・レクターはいま、真正のレクター伯爵《はくしゃく》になっていた。ずいぶん前から彼は通称として伯爵を名のっていたから、その爵位にはもうすっかり慣れていた。

院長はその場で金を数えることはせず、ティムカ大佐のほうをちらっと見てから胸ポケットに突っ込んだ。

「伯爵、いや、レクター同志、わたしは戦前、あなたの描かれた絵を二点、エカテリーナ宮殿で見ておりましてね。それと写真も何枚か、『ゴルン』誌に載っておりましたな。かねてから、あなたの作品には深い敬意を抱いております」

レクター伯はうなずいた。「それは光栄です、院長。ところで、ハンニバルの妹の所在については、何かわかったことがありますか？」

「それが、幼児の写真というやつは、あまり役には立ちませんもので」

「あちこちの孤児院にまわしてはいるんですがね、写真を」ティムカ大佐が言った。彼はソ連国境警察の制服を着ていて、鉄縁の眼鏡が鉄の差し歯と同調して、きらりと光った。「もうすこし時間をいただかないと。なにせ、行方不明の孤児の数は膨大なものですから」

「それと、もう一つ申し上げなければならんことが、レクター同志。森の中にはいまも……身元不明の死体が多数放置されておりまして」院長がつけ加えた。

「で、ハンニバルはやはり一言も口をきかないのですか？」レクター伯は訊《き》いた。

「ええ、わたしにはね。純医学的には、あの子には言語能力が備わっているはずなのですよ——眠っている最中に、妹の名前を叫ぶんですから、ミーシャ、ミーシャと」

そこで院長は、次に伝える事柄をどう表現すべきか、すこし考えてから言葉を継いだ。

「レクター同志、わたしでしたら、その……ハンニバルの気性がよくわかるまで、扱いには十分注意しますね。新しい環境によく馴染《なじ》むまで、ほかの子供たちと一緒に遊ばせないほうが得策でしょう。あの子と一緒にいると、必ずだれかが怪我《けが》をするので」

「というと、ハンニバルは手に負えない悪童だとでも？」

「いえ、傷を負う側が悪童なのですよ。ハンニバルは子供たちのあいだの序列というやつを守らない。傷を負うのはハンニバルより大きな子供たちに限られていまして、しかもハンニバルは実に俊敏に、ときとして手厳しく、傷を負わせる。ハンニバルが危険な行為を働くのは、自分より大きな相手に限られているんですな。目下《めした》の子供たちが相手の場合は、何の問題もありません。その子たちが自分をからかっても大目に見ているくらいで。その子たちの中には、ハンニバルが口がきけないのみか耳も聞こえないのだろうと見なして、おまえは頭がイカれてる、などと彼の面前で言ったりする者もいましてね。ハンニバルのほうでも、機会があれば、ごく稀にですが、それなりの仕返しをすることもあるようですが」

ティムカ大佐が腕時計を見た。「出発の時刻です。ではまた、お車の中でお会いしましょうか、レクター同志？」

レクター伯が部屋から出ていくのを待って、ティムカ大佐は片手をさしだした。院長がその上に、溜息《ためいき》まじりに現金をのせる。

眼鏡と差し歯をきらりと光らせてティムカ大佐は親指を舐《な》め、金を数えはじめた。

14

シャトーに至る最後の数キロを走る間、夕立ちが埃《ほこり》を鎮《しず》めてくれた。泥まみれのドライエの下で濡《ぬ》れた小石が跳ね、草の匂《にお》いと掘り返された土の匂いが車の中を吹き抜けた。そのうち雨が止《や》んで、夕暮れの光がオレンジ色を帯びた。

不可思議なオレンジ色の光に包まれたシャトーは、壮大というより優雅に見えた。あまたある窓の縦仕切りは、露の重みで蜘蛛の巣のように反っていた。何かの前兆を求めるハンニバルの目に、シャトーの湾曲した柱廊は、巻かれた何かがほどけたように、入口からほどけて見えて、あのホイヘンスの渦巻きを連想させた。

いま、入口の前では、雨に打たれて体から湯気を発している四頭の馬が、ホールから半分飛び出した廃物のドイツ軍戦車につながれていた。馬はいずれもシーザーのように大柄だった。彼らを見てハンニバルは嬉《うれ》しくなり、あの四頭の馬が自分の運命の表象であればいいいと願った。戦車はジャッキアップされて、車輪つきの台車にのせられていた。四頭の馬はすこしずつ、あたかも歯を引き抜くように、戦車を入口から引き出している。彼らを率いている御者が話しかけると、四頭の馬は大きく耳を動かした。

「ドイツ軍は入口を大砲で吹き飛ばし、空爆を逃れるために戦車をバックでここに突っ込ませたんだ」車が止まると、伯爵はハンニバルに語った。答えを返してよこさない少年に話しかけることに、伯爵は慣れてきていた。「彼らは戦車をここに置き去りにして、移動していったのさ。相手が戦車だから、わたしたちには動かせんしね。仕方なく、それから五年のあいだ、このろくでもない戦車を花箱で飾り、ここを迂回《うかい》して通っていたんだよ。ここにきてようやく、わたしの〝危険な〟絵がまた売れるようになったので、この戦車を撤去する費用も賄《まかな》えるようになったというわけさ。さあ、おいで、ハンニバル」

車の到着を待っていた下男と家政婦が、もしもの場合のこうもり傘を用意して、伯爵を出迎えた。二人と一緒にマスティフ犬も一頭、現れた。

レクター伯は、入口に慌《あわ》ただしく駆け寄りながら半身になって彼らに話しかける、というようなことをせず、使用人たちときちんと私道で向かい合ってハンニバルを紹介してくれた。それだけで、ハンニバルは叔父に好感を抱いた。

「甥《おい》のハンニバルだ」レクター伯は言った。「ようやくわれわれのもとにとりもどすことができて、本当に嬉しく思っている。ハンニバル、こちらが家政婦のマダム・ブリジットだよ。そして、こちらがいろいろな雑用をこなしてくれるパスカルだ」

マダム・ブリジットは、若い頃には美貌《びぼう》のメイドだった。人を見る目がたしかだったから、ハンニバルのたたずまいをひと目見て、彼の何者たるかを読みとっていた。

マスティフ犬は歓喜して伯爵を迎えたものの、ハンニバルに対する判断は留保することにしたらしい。はっはっと息を吐きかけるその雌犬に向かって、ハンニバルは掌をひらいて見せた。マスティフ犬はくんくんとそれを嗅《か》ぎ、上目づかいにハンニバルの顔を見上げた。

「まずはこの子に着せる服を探さないとな」伯爵はマダム・ブリジットに言った。「手はじめに、屋根裏部屋にあるわたしの学生時代のトランクを見てくれ。それから徐々にこの子の着るものを整えていこうじゃないか」

「それと、ミーシャさまはどうなさいました？」

「それが、まだ見つからんのだよ、ブリジット」伯爵は首を振って、その話題を打ち切った。

城館に近づくにつれて、ハンニバルの脳裏にはさまざまな映像が刻まれていった。

濡れてつやつやと輝く中庭の丸石。夕立ちのあとの馬体の輝き。屋根の隅の縦樋《たてどい》から水を飲んでいる漆黒の烏《からす》の濡れ羽の艶。高い窓にかかったカーテンの揺らめき。伯爵夫人、紫の、艶のある髪。そして彼女の肢体のシルエット。

紫夫人が観音開きの窓をあけた。夕日が彼女の顔を照らし出したそのとき、ハンニバルは悪夢の荒野から抜け出して、夢の架け橋に最初の一歩を踏み出したのだった……。

殺風景な寮から個人の家庭に移り住むことくらい心休まるものはない。シャトー中、どこに置かれた家具をとっても風変わりで心を和ませるものばかりだった。それは、ナチスの略奪者たちが駆逐された後、レクター伯と紫夫人が屋根裏からとりだした、さまざまな時代の家具だった。ナチスの占領時代、大がかりな家具はすべて列車に載せられて、フランスからドイツに運ばれてしまったのである。

ヘルマン・ゲーリングとヒトラー総統自身にしてからが、ロベール・レクターをはじめフランスの大芸術家たちの作品をかねてから欲していた。ナチス・ドイツによるフランス占領後、ゲーリングがとった最初の行動の一つは、ロベール・レクターに〝危険なスラヴ系芸術家〟のレッテルを貼《は》って逮捕させ、彼の〝退廃的な〟絵画を、その悪影響から〝大衆を守る〟ために、可能な限り多数押収《おうしゅう》することだった。それらの絵画は結局、ゲーリングとヒトラーの個人的コレクションに組み入れられたのだが。

やがて進撃してきた連合軍の手で牢獄《ろうごく》から解放されると、レクター伯は妻の紫と共に、シャトーの内部を可能な限り元通りに復旧させた。そして使用人たちは、レクター伯が再び絵筆を握れる日がくるまで、貧苦に耐えて働きつづけたのである。

ロベール・レクターは、つれてきた甥が新しい部屋に馴染めるように、さまざまな配慮を凝らした。たっぷりとした広さと明るさを持つ部屋は、石の壁の無機質さを和らげる装飾品やポスターが随所に貼られて、ハンニバルを待っていた。壁の上部には日本の剣道の面と交叉《こうさ》した竹刀《しない》が飾られていた。もし、そのとき口をきくことができたなら、ハンニバルは紫夫人のことを叔父にたずねただろう。

15

部屋に一人残されて一分もたたないうちに、ノックの音がした。

ドアをあけると、紫夫人の侍女の千代が立っていた。年頃はハンニバルと同じくらいだろう、おかっぱ頭の日本人の少女だった。一瞬、値踏みするようにハンニバルの顔を見つめた彼女の目には、すぐに、瞬《まばた》きした鷹《たか》のように、薄い膜がかかった。

「奥さまがね、ようこそいらっしゃいました、って」千代は言った。「一緒にきてくれる」

つんとした顔で千代がハンニバルをつれていった先は、シャトーの別館にある、かつての葡萄搾《ぶどうしぼ》りの部屋を改造した浴室だった。

レクター伯は妻を喜ばせるために、葡萄搾りの部屋を日本風の浴室に造り換えていたのである。葡萄の圧搾《あっさく》用に用いられた大樽《おおだる》には、いま、水が満たされて、銅製のコニャック蒸留器の流儀で作られた、ルーブ・ゴールドバーグ風の湯沸かし器で沸かされている。室内には薪《まき》の煙の匂いとローズマリーの香りが漂っていた。大樽のわきには、戦争中、庭の土中に埋められていた銀の枝つき燭台《しょくだい》が設置されている。が、千代は燭台のろうそくには火をともさなかった。この家におけるハンニバルの地位がはっきりするまでは電灯で十分だろう、と思ったのだ。

ハンニバルにタオルとバスローブを渡してから、千代は部屋の隅のシャワーを指さした。「最初にあそこでお湯を使うのよ。体をごしごしこすってきれいに洗ってから、大樽のお風呂《ふろ》につかるの。いいわね。お風呂が終わったら、シェフがオムレツをつくってくれるわ。それから、ゆっくり休むのね」

言い終わって顔をしかめたように見えたが、それは微笑だったのかもしれない。大樽にオレンジを一個投げ込むと、千代は浴室の外に出て、ハンニバルから脱いだ着衣を渡されるのを待った。しばらくして、ハンニバルは脱いだものをドアの外に差し出した。千代は二本の指で慎重にそれをつまみ、もう一方の手に持った棒にかけてから姿を消した。

孤児院にいたときのように、ハンニバルが突然目を覚ますと、まだ夕方だった。体はじっとしたまま、目だけを動かしているうちに、自分がどこにいるのかわかった。清潔なベッドに横たわっている自分がとても清潔に思えた。開き窓から、長い夕暮れの最後の光が射《さ》し込んでいる。ベッドのかたわらの椅子《いす》には木綿の着物が置いてあった。ハンニバルはそれを着た。廊下の石の床は、裸足《はだし》の足にひんやりと心地よい。石の階段はレクター城のそれのようにすり減っていた。外に出ると、紫色の空の下、調理室のほうから物音が伝わってくる。夕食の支度をしているのだろう。

マスティフ犬が彼に気づき、寝そべったまま尻尾《しっぽ》を二度大きく振ってみせた。浴室からは、日本のリュートの音が伝わってくる。ハンニバルはその調べに聞き入った。埃の付着した窓が、内部でともされているろうそくの明かりで輝いていた。ハンニバルはそこから中を覗《のぞ》いた。

脱衣場に千代がすわって、横長の優美な琴の弦をつまびいていた。こんどは燭台のろうそくに火がともされている。湯沸かし器がふつふつと笑うような音をたてた。その下で火がはじけ、火花が舞い上がった。伯爵夫人紫が、いま、湯浴《ゆあ》みをしていた。湯浴みをしている紫夫人は、黒鳥が泳ぎはしてもめったに啼《な》くことのなかった、あの濠《ほり》に浮かぶ睡蓮《すいれん》の花を思わせた。黒鳥のように静かに、ハンニバルはじっと目を凝らし、翼のように両腕を広げた。

彼は窓からそっと後ずさった。奇妙なけだるさを覚えつつ夕闇《ゆうやみ》の中を部屋にもどると、ハンニバルは再びベッドに横たわった。

主寝室の暖炉には十分な石炭が残っていて、天井を仄明《ほのあか》るく照らしていた。薄明かりの中で妻に触れられ、その声を聞くと、レクター伯の旅の疲れはすぐに癒《いや》された。

「お帰りが待ち遠しかったわ。あなたがまだ囚《とら》われの身だったときのように」紫は言った。「わたしね、小野小町の歌を思い出していたの。もう千年以上も前に彼女が詠《よ》んだ歌を」

「ほう」

「とても情熱的な女性だったのよ、小町は」

「知りたいものだな、その女性がどういう思いを詠んだのか」

「和歌なんだけれど。

人にあはむ月のなきには思ひおきて
胸はしり火に心やけをり

この歌の音楽、あなたの耳にも聞こえるかしら?」

西洋人であるロベール・レクターの耳に、音楽は聞こえなかった。が、歌のどこに音楽がひそんでいるのかは察しがつく。彼は熱心に懇願した。「ああ、聞こえるとも。ぜひ教えてくれないか、その和歌の意味を」

「小町はね、こう訴えているの。

月のないこの夜
あなたに会うこともできず
わたしは寝もやらずあなたに焦《こ》がれて
この胸には火花がはしり
心臓は炎に包まれる

だいたい、こういう意味なんだけれど」

「ああ、わたしのミューズ」

夫が激しく体を動かさずにすむように、紫は精妙な心配りをした。

シャトーの広間では大時計が夜の更《ふ》けたことを告げ、ボーン、という音が低く物憂《ものう》げに石の廊下を伝わってゆく。マスティフ犬が犬舎の中で身じろぎし、十三回、短く吠《ほ》えて大時計に応《こた》える。清潔なベッドに横たわったハンニバルは、寝返りを打って夢に誘い込まれる。


冷気に包まれた厩《うまや》。兄妹の服は腰まで引き下ろされ、〈青目〉と〈火傷指《やけどゆび》〉が二人の上腕の肉をまさぐる。他の男たちが彼らの背後でくすくす笑い、お預けをくらったハイエナのようにうろつきまわる。なにかというと鉢を差し出す男も、顔を見せている。ミーシャが高熱にあえぎながら咳《せ》き込んで、男たちの臭い吐息から逃れようと顔をそむける。〈青目〉が二人の首に巻かれた鎖をぐっとつかむ。その顔にはさっきまで小鳥の皮にくらいついていた名残りの血と羽毛がこびりついている。

〈鉢男〉が間のびした声で言う。「妹のほうをつれていけよ。どうせ死んじまうんだからよお。兄ちゃんのほうの肉は、まあだしばらく、腐ることはねえぜ」

〈青目〉がミーシャに猫撫《な》で声で言う。「さあ、おいで。一緒に遊ぼうや！」

〈青目〉が歌いはじめ、〈火傷指〉もそれに加わる。

Ein Mannlein steht im Walde ganz still und stumm,
Es hat von lauter Purpur ein Mantlein um,

こびとがひとり森の中で
黙りこくって立っている
緋色《ひいろ》の服を着てひっそりと

〈鉢男〉が自分の鉢を持ってくる。〈火傷指〉が斧《おの》をとりあげ、〈青目〉がミーシャの体をつかむ。ハンニバルが絶叫しながら飛びかかり、〈青目〉の頰にがぶりと嚙《か》みつく。両腕をつかまれて宙吊《づ》りにされたミーシャが、必死に首をよじってハンニバルのほうを見る。

「ミーシャ、ミーシャ！」

悲鳴は石の廊下に響き渡り、レクター伯夫妻がハンニバルの部屋に飛び込んできた。

ハンニバルは枕《まくら》を歯で食いちぎっており、羽毛が部屋中に飛び散っている。ハンニバルは大声で唸《うな》り、絶叫し、身もだえして見えない敵と争いながら歯をくいしばる。レクター伯がその上にのしかかった。ハンニバルの両手を毛布の下に閉じ込め、その毛布を両膝《ひざ》で押さえながら、彼はなだめた。

「大丈夫、落ち着いて」

紫夫人はハンニバルが舌を嚙むのを恐れた。自分のローブのベルトをさっと引き抜くと、彼女はハンニバルの鼻をつまみ、ハンニバルが口をあけて喘《あえ》がざるを得ないようにしておいて、歯と歯のあいだにベルトをはさんだ。

ハンニバルは瀕死《ひんし》の小鳥のようにぶるっと震えて、ようやく静かになった。夫人のローブの前がひらいていた。そんなことは気にもせず、彼女はハンニバルを抱きしめた。怒りの涙で濡《ぬ》れ、頰に羽毛の貼りついたハンニバルの顔が裸の乳房のあいだに押しつけられた。

だが、彼女が問いかけた相手は夫のほうだった。「あなた、大丈夫？」

16

翌朝、ハンニバルは早起きして、ナイトスタンドに置かれた水差しとボウルで顔を洗った。小さな羽毛が一つ、水に浮かんだ。昨夜のことに関しては、前後の脈絡のない、漠然とした記憶しか残っていなかった。

背後で石の床を紙がすべる音がしたと思うと、ドアの下の隙間《すきま》に封筒が差し込まれた。中に入っていたメモには柳の小枝が添えられていた。両手をカップのように合わせ、そこに入れたメモを顔に寄せて香りをかいでから、ハンニバルは読んだ。

ハンニバルへ

〝巳《み》の刻〟(午前十時のことですよ)にわたしの部屋にきてくれると嬉《うれ》しいのだけれど

十三歳のハンニバル・レクターは、水で髪をきれいに撫でつけて、叔母の部屋の閉ざされたドアの前に立った。琴の音が聞こえた。が、それは、きのう浴室の前で聞いたあの調べとはちがう。彼はドアをノックした。

「お入りなさい」

そこは仕事部屋とサロンが一体になったような部屋で、窓際《まどぎわ》に刺繍《ししゅう》のためのフレームと、習字用の机が置かれていた。

紫夫人は低い小卓の前にすわっていた。きょうはアップにした髪を黒檀《こくたん》のかんざしで留めている。いまは花を活《い》けていて、手を動かすたびに着物の袖《そで》が低くささやくような音をたてた。

いかなる文化の伝統にあっても、洗練された作法には共通の目的がある。紫夫人はゆっくりと優美に頭をかしげてハンニバルを見た。

かつて父親から教えられたとおり、ハンニバルは丁寧に一礼した。香の青い煙が、彼方《かなた》を飛ぶ鳥の群れのように渦巻いて、窓の上をよぎる。花を持つ夫人の手首にはうっすらと青い静脈が透けて見え、耳たぶが陽光を受けて桜色に染まっていた。衝立《ついたて》の陰では、千代の弾く琴の音が低く鳴っている。

　紫夫人はハンニバルを差し招いて、自分の向かい側にすわらせた。彼女の声は耳に心地よいアルトで、西洋の音階にはない変則的な音がすこしまじっている。ハンニバルの耳に、彼女の言葉遣いは、風鈴が偶然に奏《かな》でるメロディのように聞こえた。

「もしあなたがフランス語も、英語も、イタリア語も話したくないというなら、日本語の言葉をすこしまじえてもいいのよ。たとえば、〝キエウセテ〟という言葉はどうかしら。これはね、英語で言えば、“disappear”を意味するの」一輪の花を挿してから、夫人は顔をあげてハンニバルの顔を見つめた。「わたしの育った広島の町は、一瞬のうちに閃光《せんこう》につつまれて、キエウセテしまったの。あなたが育った世界も、やはりあなたから強引に奪われて、キエウセテしまったのね。だから、わたしたち二人、力を合わせて二人の世界をつくりあげましょう。いま、この瞬間、この部屋で」

　かたわらのマットから新しい花をとりあげると、夫人は小卓の上の水盤のわきに置いた。葉がかさかさと触れ合い、夫人の袖が波打って、ハンニバルの前に花が差し出された。

「さあ、ハンニバル、この花をどこに挿したらいちばん効果的だと思う？　どこでも好きなところに挿してごらんなさい」

ハンニバルはじっと花を見つめた。

「あなたがまだ小さかった頃、お父さまがあなたの描いた絵を送ってくださった。あなたはとても鋭い目を持っていると思うわ。花を活けるより、描くほうがいいというなら、そばにある画用紙をお使いなさい」

どちらにすべきか黙考してから、ハンニバルは二本の花とナイフをとりあげた。窓のアーチと、茶釜《ちゃがま》が火にかけてある暖炉の曲線に目を走らせる。それから、花の茎を短く切って水盤に挿し、この部屋と、生け花全体の雰囲気に融け合う美のフォルムを創《つく》りだした。切り離した茎は小卓に置いた。

紫夫人は嬉しそうだった。「いいじゃないの。そうして挿すスタイルは、〝盛り花〟の〝かたむけるかたち〟と呼ばれているの」絹のような重みを伝える牡丹《ぼたん》を、彼女はハンニバルの手に握らせた。「じゃあ、この花はどこに挿す？　それとも、これは使わないほうがいいかしら？」

暖炉では、さっきからふつふつと沸いていた茶釜の湯が、勢いよく沸騰《ふっとう》しはじめた。その音はハンニバルにも聞こえた。煮立つ湯の音を聞いて、ハンニバルの視線は沸騰する湯の表面に引き寄せられた。突然、顔色が一変し、部屋が意識から遠のいた。

狩猟ロッジのレンジに置かれた、ミーシャのバスタブ。沸騰した湯に揺すられて、小鹿《こじか》の頭蓋骨《ずがいこつ》の角が金属の側面にぶつかり、あたかも小鹿が最後の反撃を試みているような音をたてる。沸き立つ湯にあおられて、骨がガタガタと揺れる。

そこで、われに返った。ハンニバルの意識は紫夫人の部屋にもどった。血のついた牡丹の頭花が、ぽとりと小卓に落ちる。その横に、カタッとナイフが置かれた。ハンニバルは冷静をとりもどし、血の流れている手を背後に隠して立ち上がった。一礼して、部屋を出ようとしかけたとき、声が追った。

「ハンニバル」

彼はドアをあけた。

「ハンニバル」紫夫人は立ち上がって、素早くハンニバルの前に立った。彼のほうに手をのばし、じっと目をとらえたものの、彼に触れようとはしない。その手をこちらに、と言うように指で差し招く。血まみれの手を夫人に預けると、その感触に彼の目が反応した。ハンニバルの瞳《ひとみ》に、あるかないかの変化が生じた。

「縫ったほうがいいわね。セルジュに運転してもらって、車で町へいきましょう」

ハンニバルは首を振り、窓際にある刺繡用のフレームを顎《あご》で示した。その顔をじっと見つめて、彼の意思の揺るぎないことを確かめると、紫夫人は言った。

「千代、針と糸を熱いお湯に通してちょうだい」

明るい窓際に立つ夫人のところに、千代が針と黒檀のかんざしに巻いた糸を持ってきた。いずれも沸騰した湯に通されて、湯気が立っている。紫夫人はしっかりした手つきで、ハンニバルの指を六針、きれいに縫った。彼女の着物に血が滴《したた》り落ちた。叔母に傷を縫ってもらっているあいだ、ハンニバルはじっと彼女を見つめていた。痛みには特段の反応を示さず、何か別のことを考えているようだった。

かんざしからほどかれてぴんと張った糸に、じっと目を凝らす。針の目の円弧はかんざしの直径の関数なのだ、と彼は思った。雪の上に散らばったホイヘンスの本のページは、こびりついた脳漿《のうしょう》が糊《のり》代わりになって、何枚もぺったりくっついていた。

千代が縫い目の上にアロエの葉を重ね、その上から紫夫人が包帯を巻いた。手が自由になると、ハンニバルは小卓に歩み寄り、牡丹の花をとりあげて茎を短く切った。その花を水盤に挿すと、盛り花のアレンジメントが優雅に仕上がった。彼は叔母と千代に向き合った。

ハンニバルの顔に、水の揺らめくような表情が浮かんだ。もし口がきければ、彼は〝ありがとう〟と言いたかったのだ。その努力に、紫夫人はごく微《かす》かな、このうえなく優美な笑みで報いた。口をきこうとする彼の努力をすぐに切り上げさせて、夫人は言った。

「一緒にきてくれる、ハンニバル？　お花を運ぶのを手伝ってくれるわね？」

二人は一緒に屋根裏に通じる階段をのぼった。

屋根裏の部屋の扉は、以前、城館の別の場所で使われていたものだった。そこには顔が、ギリシャ喜劇の仮面が、彫られていた。先をゆく紫夫人は、ろうそくのランプを手に、広々とした屋根裏の奥に進んでゆく。途中には三百年にわたって蓄えられた品々が並んでいた。大小のトランク、クリスマスのデコレーション、芝生の飾り、籐《とう》製の家具、歌舞伎《かぶき》や能の衣裳《いしょう》。そして一本の横木から、等身大の浄瑠璃《じょうるり》人形がずらっと一列に吊り下がっていた。

入口の扉から遠く離れた屋根窓の黒いブラインドの周囲から、仄《ほの》かな光が射《さ》し込んでいる。紫夫人は小さな祭壇、窓の向かい側の神棚のろうそくに、火をつけた。神棚には彼女の祖先とハンニバルの祖先の写真が飾ってあった。写真の周囲には、折り紙で折った鶴《つる》がたくさん置かれている。ハンニバルの両親の結婚式の写真も、そこにはあった。ろうそくの光に浮かぶ両親の姿に、ハンニバルはしげしげと見入った。母は幸せそうだった。いま、そこにはろうそくの炎しかない――母のドレスは燃え上がってはいなかった。

そのときハンニバルは、自分のかたわらに、何かがのっそりと立っているような気配に気づいた。彼はじっと闇《やみ》に目を凝らした。紫夫人が屋根窓のブラインドを上げると、朝日がハンニバルを照らし、かたわらの黒ずんだものの輪郭が足元から徐々に浮かび上がっていった。脛当《すねあ》て、籠手《こて》に握られた軍配、胴丸、そして鉄の面具と角のような鍬形《くわがた》を立てた兜《かぶと》――日本の戦国時代の武将の堂々たる具足だった。それは鎧櫃《よろいびつ》の上に腰かけており、前に置かれた刀置きには、長い刀、短い脇差《わきざし》、短刀、戦斧《いくさおの》、といった侍の武具が整然と並んでいた。

「お花はここに置きましょうね、ハンニバル」紫夫人は神棚の、ハンニバルの両親の写真の前にスペースをあけた。

「わたしはいつもここで、あなたのために祈っているのよ。あなたもぜひ自分のために祈ってちょうだい、ご両親の魂から叡智《えいち》と力を授けられますように、って」

ハンニバルは礼儀正しく神棚の前に頭をたれた。が、初めて目にした日本の甲冑《かっちゅう》の魅力は圧倒的で、その磁力を脇腹一面に感じていた。ついさわりたくなって、そちらに近寄ろうとすると、紫夫人が手をあげて制止した。

「その甲冑はね、戦前、わたしのお父さまが駐フランス大使だったとき、パリの大使館に飾られていたものなんです。戦争中はドイツ軍に見つからないように隠しておいたんだけど。それにさわるのは、一年に一度に限っているの。ご先祖様の誕生日がくると、わたしは光栄にもこの甲冑と武具の清掃を許されて、椿《つばき》油や丁子《ちょうじ》油を塗るんだけど、とてもいい匂《にお》いなのよ」

油の罎《びん》の栓を抜いて、ハンニバルの鼻に近寄せた。

具足の前の台には一巻の絵巻物がのっていた。いまは冒頭の部分のみほどかれて、最初の画面がひらかれていた。鎧をまとった武将が従臣を謁見《えっけん》している図だった。叔母が神棚の整理をしているすきに、ハンニバルはさらに巻物をほどいて、次の画面をひらいた。こんどは、最初と同じ武将が首実検をしている場面だった。むしろに並べられた敵の首級には名札がついているのだが、それは首級の頭髪か、禿頭《とくとう》の者の場合は耳に、くくりつけられていた。

ハンニバルの振る舞いに気づいた紫夫人が、彼の手からそっと絵巻物をとりあげて、また最初の画面、鎧をまとった彼女の先祖だけが描かれている画面にもどした。

「これは大坂の陣という、日本史では有名な戦いが終わったときの光景を描いたものよ。でも、あなたがきっと面白がるような、あなたにもっと相応《ふさわ》しい絵巻物がほかにもあるはずだわ。これだけは覚えておいてちょうだいね、ハンニバル——もしあなたがお父さまのような人間、あるいはロベールのような人間になってくれたら、わたしもロベールも、これほど嬉しいことはないの」

ハンニバルは何かを問いかけるような眼差《まなざ》しで、ちらっと具足のほうを見た。

彼の顔に浮かんだ疑問を読みとって、紫夫人は言った。「この武将のような人間にもなりたいのね？　そうね、あるところまではいいでしょう、彼を模範にしても。でも、あなたにはもっと慈愛に満ちた人間になってほしいわ——」先祖に聞かれたかもしれないと思ったのか、彼女はちらっと甲冑を見てからハンニバルに向かって微笑《ほほえ》んだ。「大丈夫、日本語じゃなければ、何を言ってもこのご先祖さまにはわからないから」

ろうそくのランプを手に、彼女はハンニバルに近寄った。「ねえ、ハンニバル、あなたはもう悪夢の国から出られるんです。あなたは、自分で思い描くどんなものにもなれるんだから。さあ、夢の架け橋に踏み出しなさい。わたしと一緒にくる？」

紫夫人はハンニバルの母親とは似ても似つかなかった。彼女は母親ではない。だが、いまは自分の胸中深く彼女が入り込んでいることを、ハンニバルは感じていた。彼の強い視線を浴びて、夫人は不安を覚えたのかもしれない。いまの雰囲気を、彼女は断ち切ることにした。

「夢の架け橋は、どんなところにも導いてくれるわ。でも、最初はお医者さまの診察室を通り、それから学校の教室に導いてくれるはず。どう、一緒にきたい？」

ハンニバルは彼女についていくことにした。だが、その前に、ほかの花のあいだにまぎれていた血染めの牡丹の花を拾い上げ、具足の前の刀置きにそっと置いた。

17

Ｊ・リュファン博士の診療所は、小さな庭を備えたタウンハウスにあった。入口のゲートわきの控えめな標識には、彼の名前と、〝医学博士、心理学博士〟という学位が記されていた。

レクター伯夫妻は待合室の、背もたれのまっすぐな椅子《いす》にすわっていた。周囲の患者たちの中には、じっとすわっていられない者もいる。

博士の診察室は重厚なヴィクトリア朝風で、暖炉の前に安楽椅子が二脚、向かい合わせに配されているほか、房飾りのついたカヴァーで覆《おお》われた寝椅子もあった。窓際《まどぎわ》には診察台とステンレス・スティール製の消毒器。

ハンニバルと、顎ひげを生やした中年男性のリュファン博士は、安楽椅子にすわって向き合っていた。

低い、気さくな口調で、博士はハンニバルに話しかけた。

「いいかね、ハンニバル君、このメトロノームをじっと見るんだ。左右にゆっくり、ゆっくり往復するメトロノームを見ながらわたしの声を聞いていると、きみは催眠状態に入るはずだ。きみに言葉をしゃべってくれとは言わない。ただ、なんらかの声を発して、イエスかノーかの意思表示はしてほしいんだよ。きみは心地のいい、ゆったりと漂うような気分に誘われていくはずだ」

二人のあいだのテーブルでは、メトロノームの振り子が一定のリズムで左右に揺れている。マントルピースの上では、黄道十二宮と天使の絵が描かれた置時計が時を刻んでいた。リュファン博士が話すのを聞きながら、ハンニバルは、メトロノームの振り子が往復する数と、置時計がチクタクと鳴る数をかぞえていた。両者は同調するときと、ずれるときがある。ハンニバルは考えていた──仮に同調するときとずれるときの間隔を計算し、メトロノームの振り子の長さを計ることができたら、置時計の内部にある見えない振り子の長さを割り出すことが可能だろうか。可能だろうな、と彼は思った。その間も、リュファン博士は一人でしゃべりつづけていた。

「何か音を発してみてくれないか、ハンニバル君、どんな音でもいいから」

命じられたとおりメトロノームに目を据えたまま、ハンニバルは下唇と舌のあいだで空気を震わせて、低いおならのような音を発してみせた。

「けっこう、けっこう」リュファン博士は言った。「そのまま静かに催眠状態を保とう。それでは、〝ノー〟はどういう音で表わそうか？　〝ノー〟だよ、ハンニバル君。〝ノー〟だ」

ハンニバルは下唇を歯のあいだにはさみ、頬いっぱいにふくらませた空気を一気に上顎沿いに吐き出して、高音のおならのような音を発してみせた。

「うん、いいぞ、これこそ意思の疎通《そつう》というやつだよ、ハンニバル君。やればできるじゃないか。どうだね、こういう形で先に進めそうかな、きみとわたしで力を合わせて？」

ハンニバルの発した〝イエス〟の音は、外の待合室でも聞こえるほど盛大だった。患者たちはみな不安そうに顔を見合わせた。レクター伯は脚を組み直し、咳《せき》払いをして当惑をまぎらわせたが、紫夫人はただ美しい目をぐるっと上に向けて天井を見上げるに留めた。

リスのような顔をした男が言った。「いまの、おれじゃないからね」

「ハンニバル君、きみは睡眠中しばしば悪夢にうなされるそうだね」リュファン博士は言った。「催眠状態で平静を保っているいまなら、その夢にどんなものが現れるのか、話せるんじゃないのかい？」

ハンニバルはチクタクと鳴る音を数えながら、考え込むような表情でぼんやりとリユファン博士の顔を見た。

あのマントルピースの置時計は、Ⅲではなく、ローマ数字のⅣを盤面に用いている。これは反対側のⅧとバランスを保つためだろう。とすると――と、ハンニバルは考えた――あの時計はローマ式の時刻の打ち方をするのではないだろうか。つまり、ちがった音色の二つのチャイムを備えていて、一方は一回鳴るごとに一時ずつを表わし、もう一方は一回鳴ると五時、二度鳴ると十時を表わす、という、あの打ち方をするようになっているのではないだろうか。

博士はハンニバルにメモ用紙を手渡した。「その夢に出てくるものを、そこに書いてはもらえないかな。きみは夢の中で妹さんの名前を叫ぶそうだが、だとすると、妹さんが夢に現れるのかね？」

ハンニバルはうなずいた。

レクター城で使われていた時計には、ローマ式の時刻の打ち方をするものもあれば、そうではないものもあった。が、ローマ式の時刻の打ち方をする時計は、例外なく、

Ⅲではなく、Ⅳを用いていた。ヤコフ先生が時計の内部をあけて脱進機の働きを説明してくれた際には、十七世紀のイギリスの時計職人ジョーゼフ・ニッブのことと、ローマ式の時刻の打ち方をする彼の初期の時計のことを話してくれたものだった。そうだ——とハンニバルは思った——いま、頭の中の〝時計の間〟を訪ねて、脱進機のことを調べてみようか。すぐにでも訪ねてみたいのだが、そうなればリュファン博士から大声でどやしつけられるのは必至だろう。

「ハンニバル君、ハンニバル君。妹さんの夢を最後に見たとき、何が見えたのか、描いてくれるかね？　何が見えたと思ったか、書いてくれるかね？」

ハンニバルはメモ用紙を見もせずに、メトロノームの振り子が往復する数と、置時計がチクタク鳴る音を同時に数えながら、書いた。

メモ用紙を見て、リュファン博士は勇み立ったようだった。「そうか、妹さんの乳歯を見たんだね？　乳歯だけかい？　それをどこで見たんだね、ハンニバル君？」

ハンニバルはつと手をのばして振り子を止め、その長さと、メトロノームの振り子についている重りの位置を確かめた。それから、またメモ用紙に書き込んだ。

野外便所でです、先生。あの置時計の裏蓋《うらぶた》をあけてもいいですか？

レクター伯夫妻と入れ替わりに診察室から出たハンニバルは、しばらく待合室で待っていた。

「おまえだろう、さっきのは。おれじゃないぜ」リスのような顔をした患者が言った。

「白状しちゃえよ。なあ、おまえ、ガムを持ってないか?」

「妹さんのことについて、もっと詳しく聞き出そうとしたのですが、そこで心を閉ざしてしまったんですよ、甥御《おいご》さんは」リュファン博士は言った。レクター伯は診察室の椅子に腰かけた妻の背後に立って、博士の説明を共に聞いていた。

「率直に申し上げて、甥御さんはわたしの理解をまったく超えた存在ですな。わたしの調べた限り、肉体的には完全な健康体と言っていい。頭部に傷はありますが、陥没骨折の形跡はない。ただ、彼の場合、脳の半球同士の連携が必要な場合でも、頭部外傷患者にまま見られるように、それぞれの半球が独立して働いているような徴候がある。つまり、彼はなんの支障もなく、いくつかの思考回路を同時にたどることができるんですね。しかも、その回路の一つは常に彼自身の娯《たの》しみのために確保されているようでして。首の傷跡は、鉄の鎖が凍って皮膚と癒着した跡でしょう。同様の症例は、戦後、強制収容所が解放されたときに見たことがあります。とにかく、甥御さんは妹さんの身に何が起きたのか、話すつもりはないのでしょう。ただ、彼自身、それを認識しているのかどうかはさておき、本当のことを知ってはいるんだと思いますよ。つまり、そこが危険な点でしてね。頭脳というやつは、能力的に記憶し得ることは記憶するものなのです、それ自体の速度でね。おそらく彼は、いずれすべてを思い出すでしょう。それをいま、彼に無理強いすることはしたくありません。早く記憶をとりもどさせようとしてへたに催眠術にかけたりするのは愚の骨頂でしょうな。その場合彼の脳髄は、苦痛を逃れようとして、永遠に凍結してしまうかもしれない。甥御さんは、おたくで引きとるんですね？」

「はい」二人は同時に、素早く答えた。

リュファン博士はうなずいた。「可能な限り、彼をご家族の流儀に引き込むことです。そうすれば、彼はきっと、想像以上にご家族と一体になることができるでしょう」

18

天高く晴れ渡ったフランスの夏。エッソンヌの野面《のづら》や葦《あし》のあいだを泳ぐ家鴨《あひる》の上にも、花粉の靄《もや》がかかっていた。ハンニバルは依然口をきかない。が、夢も見ないで眠れるようになったし、育ち盛りの十三歳の少年らしく食欲も旺盛《おうせい》だった。

叔父のロベール・レクターはハンニバルの父よりも穏やかで、あけっぴろげな人柄だった。昔から芸術家らしい不羈《ふき》奔放さを持ち合わせており、歳《とし》をとるにつれて、そこには高齢者ならではの奔放さも加わってきていた。

シャトーの屋上には、自由に歩きまわれる回廊があった。屋上の溝には吹き寄せた花粉がたまって、苔《こけ》は金箔《きんぱく》をほどこされ、風に乗って飛来した落下傘蜘蛛《らっかさんぐも》が素早く走りまわっていた。大きな弧を描いている銀色の川面《かわも》が、木立ちを透かして遠望できた。

レクター伯は長身で、どこか小鳥を思わせる風貌《ふうぼう》の主だった。屋上の明るい日差しを浴びても肌は灰色に見え、手すりにかけた両手は骨ばっていたが、ハンニバルの父のそれに似てもいた。

「われわれの家系は、普通人のそれとはいささか異なるのだ、ハンニバル」ロベール・レクターは言った。「われわれはまだ幼児のうちに、その事実を知る。おまえももう気づいているだろう。いまはそれがわずらわしくとも、いずれ年月がたつにつれ気にならなくなる。おまえは家族と家を失った。しかし、いまはこのわたしと、わたしの美神、ミューズがいる。素晴らしい女性だろう、彼女は？　いまから二十五年前のことだが、東京でわたしの絵の展覧会がひらかれた際、彼女が父親に伴われて観《み》にきてくれたのだ。あれほど美しい少女には、お目にかかったことがなかった。それから十五年後、彼女の父親が駐フランス大使として赴任してきたとき、彼女も一緒にフランスにやってきたのさ。わたしは自分の幸運が信じられなかった。それで、すぐに大使館を訪れ、神道《しんとう》に改宗したい旨《むね》をお父上に申し出たんだよ。わたしの宗教の如何《いかん》などたいしたことではない、とお父上は言った。しかし、いまに至るも彼はこのわたしを認めてはくれなくてね。ただ、わたしの絵は愛してくださっているのだが。そうだ、絵だ！　さあ、ついておいで」

ロベール・レクターは先に立って歩きだした。

「ここが、わたしのアトリエさ」

そこはシャトーの最上階の広々とした水漆喰塗りの部屋だった。いくつかの画架に描きかけの絵がのっており、他にもいくつかの画布が壁に立てかけてあった。低い台に寝椅子《ねいす》が置かれていて、そのわきのコート掛けには着物がかけてあった。近くの画架には布で覆《おお》われたキャンヴァスがセットしてある。

二人は隣りの部屋に移った。そこには大きな画架があって、何も描かれていないスケッチ用紙と炭筆と絵の具のチューブが添えてあった。

「いいかい、おまえのためにもスペースをあけておいたからね。おまえ自身のアトリエだ」伯爵《はくしゃく》は言った。「ここにくれば、気分がなごむはずだよ、ハンニバル。何かでむしゃくしゃしたときは、憤懣《ふんまん》を爆発させちゃいけない。代わりに、絵筆をとるんだ！　絵を描くんだよ！　腕を大きく動かし、絵の具をふんだんに使ってね。ただし、絵を描くときは、何か特定の目的を抱いたり、ことさら洗練を心がけてはいかん。洗練なら、紫から十分に学べるはずだ」森の彼方《かなた》の川に視線を投げながら、「それでは昼食の席でまた会おう。マダム・ブリジットに頼んで、適当な帽子を見つけてもらうといい。おまえのレッスンが終わって夕方になったら、一緒にボートを漕《こ》ごうじゃないか」

伯爵が去ったあとも、ハンニバルはすぐには自分の画架に近寄らず、伯爵の描きかけの作品を見てまわった。寝椅子に手を触れ、着物にさわって、それを顔に近寄せてみた。次に足が向かったのは、覆いがかけられている画架だった。その前に立って、布の覆いを持ち上げてみる。伯爵がいま描いているのは、寝椅子に横たわった紫夫人の裸身だった。大きく見ひらかれたハンニバルの目に、絵が飛び込んできた。彼の瞳《どう》孔《こう》の中で光の点が躍り、その晩、彼を包んだ闇《やみ》の中では蛍が光った。

やがて秋になると、紫夫人は庭の芝生で、仲秋の名月をめでながら虫の音を聞く月見の宴を催した。月の出を待ちながらコオロギたちの調子が出るまで、千代が闇の中で琴を弾いた。

絹の衣擦《きぬず》れの音と、仄《ほの》かな香りに接するだけで、ハンニバルはいつも紫夫人の居場所を正確に当てることができた。

その音色の素晴らしさにおいて、フランスのコオロギは日本のスズムシの足元にも及ばないのだが、それでもこの宴に興を添えてくれることはたしかだよ、と伯爵はハンニバルに説明した。戦前、伯爵は妻のために何度も日本からスズムシをとり寄せようとしたのだが、フランスまでの航海を乗り切れたものは一匹もいなかったらしい。

だから、そのことは妻にも一切伏せてあるのだという。
静かな秋の夜、とりわけ雨が上がってまだ空気がしめっているときなど、組香《くみこう》という、香を聞き分ける遊びにみんなは興じた。たいていハンニバルが雲母《うんも》の板の上で香木の数々を炷《た》き、その香の名を千代に当てさせるのだ。そんなとき、紫夫人は琴を弾いて千代の集中力を高めてやる。ときにはハンニバルの知らない曲を弾き、それを通してひそかに千代にヒントを授けてやることもあった。

ハンニバルは村の学校の特別クラスに編入されることになった。が、朗読することができないので、たちまち好奇の的となった。学校に通いはじめて二日目、高学年のある悪童が低学年の小柄な生徒の髪の毛にぺっと唾《つば》を吐きすてた。ハンニバルはその悪童の尾骶骨《びていこつ》と鼻の骨を砕いてやった。彼はすぐにシャトーに帰されたが、その間終始、顔色一つ変えなかった。

学校にいけなくなった代わり、ハンニバルはシャトーで千代が紫夫人から受けている個人授業に加わることにした。千代は日本に住む外交官の息子と数年前に婚約しており、いまはまだ十三なのだが、紫夫人の教えで花嫁修行に精を出しているのである。夫人の教えは、ヤコフ先生のそれとはまったく類を異にしていたが、その主題はヤコフ先生の数学と同じく特異な美を孕《はら》んでいて、ハンニバルは強く魅《ひ》きつけられた。

自分の部屋の窓から射《さ》し込む明るい陽光の近くで、紫夫人は日本の漢字の書き方、習字を教えた。新聞紙の上に、彼女はじかにお手本の字を書く。太い筆を鮮やかに駆使して、実に繊細なタッチで書き分けてみせる。とりわけ重点を置いたのは、〝永遠〟を意味する〝永〟という文字だった。その一文字に、漢字を書く際の基本的な点画や技法が凝縮されているのだという。その優雅な文字が書かれた新聞紙には、〝医師グループ、ニュルンベルク裁判で起訴〟の見出しが躍っていた。

「この練習は、〝永字八法〟と呼ばれているの」夫人は言った。「さあ、あなたも書いてごらんなさい」

授業が終わると、紫夫人と千代は折り紙で鶴《つる》を折りはじめた。それもいずれ、屋根裏部屋の神棚に置くのだという。

ハンニバルも折り紙を一枚とって、なんとか鶴を折ってみた。見ていた千代が訝《いぶか》しむような視線を紫夫人に投げるので、ハンニバルは一瞬、仲間はずれにされたような疎外感《そがいかん》を味わった。彼の不器用な手つきを見て、夫人が鋏《はさみ》を渡してくれた（あとで夫人は、そのときの千代の振る舞いを、客の接待の席では許されない無作法として、たしなめた）。

「千代には広島に、禎子《さだこ》といういとこがいてね」紫夫人は言った。「ところが可哀相《かわいそう》に、原爆の放射能を浴びて、もう明日をも知れない命なの。もし鶴を千羽折れたら助かるかもしれないと禎子は信じているんだけど、そういう体でしょう。だから、すこしでも禎子の力になれるように、こうして千代と二人で毎日鶴を折っているのよ。この折り鶴に本当に病を癒《いや》す力があるかどうかはともかく、すくなくとも、これを折っているあいだ、禎子は世界中の至るところで苦しんでいる戦争の犠牲者と共に、わたしたちの心の中にいるわ。だから、ハンニバル、わたしたちのために鶴を折ってちょうだい。わたしたちもあなたのために鶴を折るから。そして、力を合わせて禎子のために鶴を折りましょう」

19

毎週木曜日、村では噴水とフォッシュ元帥《げんすい》の銅像の周囲にテント張りの店が並んで、賑《にぎ》やかな市が開かれる。ピクルスの店からは塩味の濃い酢の匂《にお》いが風に乗って流れ、魚屋の海草の上に並べられた魚貝が海の香りを伝えてくる。

いくつかのラジオからは、騒がしい音楽が競い合うように流れていた。しょっちゅう留置場にぶちこまれているオルガン弾きが、その日も朝食後に相棒のサル共々釈放されて、〝パリの橋の下〟をこれでもかとばかりに奏《かな》でている。そのうち、閉口しただれかが、オルガン弾きにはワインをついだグラスを、サルにはピーナッツ入りの豆板を、それぞれ与えた。オルガン弾きは一瞬の間にワインを飲み干し、豆板のほうも半分横どりしてしまった。サルのほうはそのすばしこい小さな目で、主人がどっちのポケットに豆板を忍ばせたか、ちゃんと見届けていた。巡回中の二人の巡査が、例によって無益な訓戒をオルガン弾きに与えてから、お菓子の店を見つけた。

その日、紫夫人が市に出かけたのは、八百屋では名うての〝ビューローの店〟でぜんまいを買うためだった。ぜんまいは夫の大のお気に入りなのだが、すぐに売り切れてしまうのだ。

バスケットを持って夫人のお供をしていたハンニバルは、チーズの店の前にさしかかったとき、つい足が止まってしまった。主人がピアノ線にオイルをまぶして、大きな車輪もどきのグラーナ・パダーノ・チーズをカットしていたからである。見守っているハンニバルに、主人はチーズを一切れ渡して、マダムに勧めてくれよ、と頼んできた。

八百屋の前に立った紫夫人は、ぜんまいがどこにも並んでないのに気づいた。きょうは置いてないのかしら、とたずねようとしたとき、店主のビューローがカウンターの下から渦を巻いたぜんまい入りの籠《かご》をとりだしてきた。「これはすごい逸品でしてね、奥さま、日なたにさらしたくはなかったんですよ。おいでを待っているあいだ、この布をかけておいたんです。それも、ただの水じゃなく、本当の草露でしめらせた布でね」

八百屋の向かいの肉屋では、血だらけのエプロンをしめたポール・モマンが肉切り台の前にすわって、鶏肉《とりにく》の始末に忙しかった。屑肉《くずにく》はバケツに捨て、砂嚢《さのう》と肝を二つのボウルに選り分けていく。ポールは脂《あぶら》ぎった巨漢で、前腕には“Voici la Mienne, où est la Tienne?（これはおれのだ、おまえのはどこだ？）”という文句を添えたサクランボの刺青《いれずみ》がしてあった。サクランボの赤は色あせて、彼の両手についた血の赤より薄くなっていた。もう一人、ポールよりは客あしらいのうまい弟が、〝モマン精肉店〟の垂れ幕の下のカウンターで働いていた。

彼は兄に鵞鳥《がちょう》をまわして、はらわたを抜いてくれるように頼んだ。

ポールはわきに置いたボトルからブランディを飲みながら、血まみれの手で顔をぬぐった。頬が血にまみれ、羽毛がへばりついた。

「まあ、ぼちぼちいきなよ、ポール」弟が言った。「きょうはまだまだ先が長いんだから」

「おまえは黙ってそいつの羽をむしってな。突っ込むよりはむしるほうが、おまえは上手なんだからよ」ポールは言って、一人悦に入った。

ちょうどそのとき、ハンニバルが店の前にさしかかっていた。ショウケースの中の豚の頭を見ていると、ポールの声が耳に入った。

「おい、そこのジャポネーズ！」

すると、八百屋のビューローの声が、「やめなよ、あんた！　失礼じゃないか」

またしてもポールの声が響いた。「なあ、ジャポネーズ、教えてくれや、あんたたちのあそこは縦じゃなく水平についてるってのは本当かい？　で、その上に、何かが噴火したみてえにまっすぐなオケケがぽやぽやっと生えてんだって？」
ハンニバルは初めて、ポールの顔を真正面から見すえた。下卑た肉屋の顔には血と羽毛がへばりついていた。

まさしくあの〈青目〉みたいに。小鳥の皮をしゃぶっていた、あの〈青目〉みたいに。

ポールは弟のほうを向いた。「あるときな、マルセイユで女を抱いたことがあったのよ。その女のあそこときたら、おまえ——」
バシッと、唸《うな》りを生じてポールの顔に子羊の肢《あし》が叩《たた》きつけられた。その勢いで彼は仰向《あおむ》けに倒れ、そこへ鵞鳥のはらわたがばらばらとこぼれ落ちた。ハンニバルはポールに飛びかかって馬乗りになった。子羊の肢を振り上げて、ポールの顔に叩きつける。二回、三回とくり返しているうちに子羊の肢は手からすべり落ち、ハンニバルはすぐさま背後の台をまさぐった。鵞鳥を捌《さば》くナイフがあったはずなのだが、手は空を切る。

代わりに鶏の内臓が手にさわった。それをつかむなりポールの顔に叩きつけた。ポールは血まみれのいかつい両手で下から殴りかかってくる。彼の弟がハンニバルの後頭部を蹴《け》りつけ、カウンターから子牛の肉叩きのハンマーをとりあげた。

そのときだった、風のように飛び込んできた紫が弟のほうを突き飛ばし、すさまじい気迫で〝ブレイモノ！〟と叫んだのは。

肉屋の兄弟はその場に凍りついた。

紫夫人は、ポールの弟の喉元《のどもと》に大きな肉切り包丁の刃先を突きつけていた。そして言った。「すこしでも動いたら命がないわよ」

しばらくはだれも動かなかった。警察のホイッスルが近づいてきた。ポールの大きな手はハンニバルの喉にかかっており、ポールの弟は鋼鉄の刃が喉に触れるのを感じて目をひくつかせていた。ハンニバルは背後の台の上を必死に両手でさぐっていた。

二人の巡査が鶏の臓物に足をすべらせながら走り寄ってくる。二人はポールとハンニバルを引き離しにかかった。一人の巡査が力ずくでハンニバルの体をポールから剝《は》がすと、宙に抱え上げて、ショウケースの向こう側に下ろした。

長らく発することのなかったハンニバルの声は、錆《さ》びついてかすれていた。が、肉屋のポールには、その声が聞きとれた。ごく低い声で、ハンニバルは〝けだもの〟と言ったのだ。その言葉は悪態というより、動物を分類する口調のように聞こえた。

警察署は広場に面していて、カウンターの背後に巡査部長が立っていた。署長は民間人の服、皺の寄ったサマー・ジャケットを着ていたが、年齢は五十くらいで、戦争で受けた心労をいまも引きずっていた。レクター伯夫人とハンニバルを署長室に招き入れると、彼は椅子《いす》をすすめて、自分も腰を下ろした。デスクにのっているのはチンザノのロゴが入った灰皿と〝クランツォフラット〟という胃薬の壜《びん》くらいのものだった。彼はレクター伯夫人にタバコをすすめたが、断られた。

先刻の争いをとり鎮《しず》めた二人の巡査が、ノックをして入ってきた。二人は控えめに壁際《かべぎわ》に立ち、目の隅でちらちらと紫夫人の様子をうかがった。

「ここにいるお二方のうち、おまえたちに殴りかかったり、抵抗したりした者はいるか？」署長が巡査たちに訊《き》いた。

「いいえ、署長」

署長は手真似《まね》で、二人の詳しい証言を促した。

年上のほうの巡査が、手帳を見ながら口をひらいた。「八百屋のビューローの証言はこうです――肉屋のポールは錯乱状態に陥り、肉切り包丁に手をのばしながら、だれもかも皆殺しにしてやる、教会の尼だって見逃しはしねえ、と叫んだ、と」

署長は目玉をぐるっとまわして天井を見上げ、慨嘆に耐えない、というふうだった。

「あのポールは、戦争中ドイツに協力したヴィシー政府の支持者だった。ご存知でしょうが、この村でも大の嫌われ者でして。それにしても、聞き捨てならぬ妄言をお浴びになった由《よし》、遺憾に思います、紫夫人。しかしだな、ハンニバル君、この先、また夫人に対する非礼な振る舞いがあったならば、まずはわたしのところにきてほしいのだよ。いいね？」

ハンニバルはうなずいた。

「この村でだれかに傷害を負わせることは、絶対に許さん。そういう権限があるのは、このわたしだけだ」署長は立ち上がって、ハンニバルの背後にまわった。「ちょっと失礼しますよ、マダム。ハンニバル君、一緒にきてもらおうか」

紫夫人は署長の顔を見上げた。署長は微《かす》かに頭を振ってみせた。

彼は先に立って、ハンニバルを署の奥のほうにつれていった。そこには留置場の房が二つあり、手前の房では酔っ払いがいぎたなく眠っていた。もう一つの房はつい先ほどまであのオルガン弾きとサルが入っていたところで、床にはまだサルのための水の容器が残っていた。

「そこに立ちたまえ」

ハンニバルは房の真ん中に立った。署長が扉をがたんと閉める。隣りの房の酔っ払いが驚いて、何かぶつぶつと呟《つぶや》いた。

「床板をよく見てごらん」署長は言った。「汚いしみがついて、収縮しているだろう？　長いあいだに、涙がしみこんで、そうなったんだ。扉を動かしてみたまえ。さあ。わかるだろう、内側からは決してひらかないことが。癇癪《かんしゃく》というやつは、ときに有益だが、危険な代物《しろもの》でね。それよりは冷静な判断力に頼ったほうがいい。そうすれば、こんな留置場にもぶち込まれずにすむ。わたしは一回しか容赦はしない。きみにとっては今回がそうだ……きょうのような真似は二度としちゃいかん。だれかを肉の塊で叩いたりしちゃいかんぞ」

署長はレクター伯夫人とハンニバルを車のところまで送った。ハンニバルが先に乗り込むと、紫夫人は署長と短く語り合った。

「きょうのことは、夫に知られたくないのです、署長さん。その理由はリュファン医師がご存知ですわ」

署長はうなずいた。「もし伯爵《はくしゃく》のお耳に入って、事情をわたしにたずねられたら、こうお答えしますよ――あれは酔っ払い同士の喧嘩《けんか》で、ハンニバル君はたまたま巻き添えをくらったにすぎないのです、と。ご心配ですな、伯爵の体調があまりよろしくないのは。それを除けば、伯爵くらい幸運な男性は他にいないと、常々思っておりますが」

その事件のことは、シャトーで独り制作に励んでいた伯爵の耳には入らずに終わった可能性が十分にあった。が、その晩、彼が葉巻をくゆらしていると、お抱え運転手のセルジュが村からもどってきて、夕刊を手渡したのだった。

金曜日の市は、十五キロ離れたヴィリエの村でひらかれる。肉屋のポールが子羊の胴体を自分のテントに運び込んでいると、前に止まった車から寝不足で灰色の肌をした伯爵が降り立った。

ポールの上唇がはっしと杖《つえ》で打ち据えられたと思うと、伯爵がなおも杖を振り下ろしながらポールに飛びかかった。

「汚《けが》らわしい下司《げす》め、よくも妻を辱《はずかし》めたな！」

ポールは子羊を放り出して、伯爵を力まかせに突き飛ばした。伯爵の痩軀《そうく》はカウンターに叩きつけられた。それでもひるまずに、また杖を振りながらポールに襲いかかろうとしたとき、伯爵の顔に突然驚愕《きょうがく》の表情が浮かび、足が止まった。両手でチョッキをかきむしりながら、彼は肉屋の店先にばたんとうつ伏せに倒れこんだ。

20

しめっぽい、めそめそした聖歌や、低い声で悔やみの言葉を言い交わす葬儀の馬鹿《ばか》らしさにうんざりしつつ、十三歳にしてレクター家の末裔《まつえい》たるハンニバルは、叔母や千代と並んで教会の戸口に立ち、順次立ち去る会葬者たちと無表情に握手を交わしていた。その日も女性たちは、戦後広まったスカーフに対する偏見に逆らわずに、頭には何もかぶらずに教会を出ていった。

紫夫人は辛抱強く耳を傾け、その場に相応《ふさわ》しい優雅な応対をしていた。

それでも夫人は疲れている。ハンニバルはそれを感じとって、自分を奮い立たせた。気がつくと彼は、叔母がしゃべらずにすむように、自分からしゃべっていた。とりもどしたばかりの声はたちまち変質して、かすれ声に変わった。それに気づいて驚きながらも、紫夫人は表情に出さず、片手で彼の手を強く握りしめつつ、もう一方の手を次の弔問客に差し出した。

生涯を通じてマスコミを忌避していた大画家の死を伝えようと、パリの新聞や各報道機関の騒々しいレポーターたちも、そこにはむらがっていた。が、紫夫人は彼らの問いかけに一切応じなかった。

この長い一日の午後、伯爵の顧問弁護士が国税局の職員を伴ってシャトーを訪れた。紫夫人は二人に紅茶を振舞った。

「お悲しみの最中にお邪魔する無礼をお許しください、マダム」国税局の職員が言った。「これははっきり保証いたしますが、遺産税と相続税納付のためにこのシャトーを競売にかけるまでに、各種の準備をしていただくお時間は十分にございます。マダムご自身の抵当を差し出していただいて納付にあてることも、もちろん可能です。ですが、問題は、このたびの弔事の結果、マダムのフランス居住資格そのものに疑義が生じていることでして、それだけは看過できないのです」

ようやく夜が訪れた。ハンニバルは未亡人となった叔母に腕を貸して、彼女の部屋まで送った。その晩は千代がその部屋に簡易ベッドを設けて、紫夫人と共に寝ることになった。

ハンニバルは長いあいだ自分の部屋で眠れずにいた。とうとう眠りが訪れたとき、夢も訪れた。

血と羽毛のへばりついた〈青目〉の顔。それが溶解するように変化して肉屋のポールの顔に変わり、また〈青目〉の顔にもどってゆく……。

闇《やみ》の中でハンニバルが目覚めても夢は途切れず、ホログラムのように顔が天井に映った。が、ついに口をきけるようになったハンニバルは、もう悲鳴をあげなかった。

彼は起き上がって静かに階段をのぼり、亡《な》き伯爵のアトリエに入った。画架の両側の燭台《しょくだい》のろうそくに、火をつける。壁にかかった肖像画は、完成したものも描きかけのものも、描き手がいなくなってかえって存在感を増したかのようだった。それらの絵は、伯爵が蘇生《そせい》することを願って、その魂にすがりつこうとしているように、ハンニバルには感じられた。

容器には、きれいに洗われた叔父の絵筆が入っており、トレイの溝にチョークや炭がおさまっていた。紫夫人の裸身を描いた絵は消えていた。フックにかかっていた着物も、彼女が持ち去ったらしい。

ハンニバルは伯爵に教えられたとおり、腕を大きく動かして描きはじめた。絵筆が自在に動くのに任せるつもりで、新聞印刷用紙に大きく斜めの線を描いた。いくつもの色彩を一気にそこに放った。が、うまくいかなかった。夜明けが近づいた頃、彼は無理に描くのをやめた。自分を駆り立てるのをやめて、自らの手が顕《あき》らかにしたものを静かに眺めた。

21

小川のほとりの小さな空き地。木の切り株に腰かけたハンニバルは、琵琶《びわ》を奏《かな》でながら、くるくると旋回する蜘蛛《くも》を眺めていた。鮮やかな黄色と黒の胴体をした蜘蛛は、さっきから巣を織るのに熱中している。彼が動くにつれて、巣も震えた。ハンニバルの奏でる琵琶の音色に、蜘蛛はいたく刺激されるらしく、巣のあちこちにするすると走り寄っては獲物をチェックしている。

ハンニバルはどうにか日本の曲らしきものを弾けるようになっていたが、まだまだ調子をはずしてしまうことが多かった。いま、ハンニバルの脳裏には、叔母の紫が英語をしゃべるときの、よくとおるアルトの声が響いていた。その声にはときどき、西洋音階にはない音が偶然まじるのだ。彼は琵琶を蜘蛛の巣に近づけて奏で、また遠ざけた。のんびりと飛んでいた昆虫が蜘蛛の巣に突っ込んで、そらきたとばかり蜘蛛が走り寄ってゆく。

そよとも風の吹かない暑い午後、小川には波一つ立たず、川面《かわも》はのどかに流れていた。岸の近くではアメンボが水面を走り、トンボが葦《あし》の上をさっとかすめた。小さなボートに乗った肉屋のポール・モマンが、片手でオールを漕《こ》いでいる。彼は岸辺に枝を垂れた柳の近くにボートを寄せていった。餌籠《えさかご》の中でコオロギが鳴き、赤目のトンボが引き寄せられた。あわやという瞬間、それはポールの大きな手を逃れて飛び去った。ポールはコオロギをつかんで、釣り針につけた。柳の枝の下あたりに釣り糸を落とすと同時に、浮きがくいっと引かれて、竿《さお》がしなった。

すぐにリールを巻いて魚を引き寄せ、それを他の魚と一緒にチェーンストリンガーにひっかけて、船のわきにたらす。魚に夢中になっていて、遠くで、べん、と空気を揺るがしている弦楽器の音には、意識が向かなかった。親指についた魚の血を吸いているると、ポールはまたオールを漕いで、木の茂る岸辺の小さな船着場にボートを寄せていった。その近くに、自分のトラックを止めてあるのだ。船着場の粗末なベンチを使っていちばん大きな魚を洗うと、それを氷とともにキャンヴァス地のバッグに入れる。ストリンガーにつないである他の魚は、まだ水中で生きていた。魚たちはなんとか身を隠そうと、チェーンを船着場の下に引っ張った。

またしても、べん、という音が空気を震わせた。どこか遠い異国の調べの、音程のはずれた音。何か機械の音かな、と思って、ポールは自分のトラックのほうを見た。肉切り包丁を手にしたまま岸をのぼると、トラックのアンテナやタイヤを見てまわって、ひと通り調べた。ドアはきちんとロックされている。またしても、べん、という音。こんどは音が途切れずにつづいた。

ポールはその音を追って木々の茂みを迂回《うかい》し、小さな空き地に入った。木の切り株にハンニバルがすわって、何かリュートのようなものを弾いている。そのケースがバイクに立てかけてあり、ハンニバルのわきには一冊のスケッチブックが置いてある。ポールはすぐ自分のトラックにとって返し、ガソリンの注入管に砂糖などが詰め込まれていないか調べた。

もどってきたポールが自分の前に立ちはだかったとき、琵琶を弾きつづけていたハンニバルは初めて顔をあげた。

「ポール・モマン、精肉業者」彼は言った。いま、彼の視野は異様に澄み、周縁部に限って氷の張りついた窓かレンズの縁のように、光が赤く屈折していた。

「こないだまで口もきけなかった馬鹿たれが、どうにかしゃべれるようになったか」ポールは言った。「おれのヒーターに小便でもひっかけてみやがれ、その首根っこをねじ切ってやるから。ここにはてめえを助けてくれるおまわりもいねえしな」

「ああ、だから、おまえも助けてはもらえないわけだ」ハンニバルは琵琶をかき鳴らした。「おまえのしたことは、絶対に許せない」琵琶を置いて、スケッチブックをとりあげた。ポールの顔を見上げると、小指の先で描線をぼかして、絵の感じをすこし修正する。

　それからページをめくって立ち上がり、空白のページをポールに突きつけた。「さあ、あの貴婦人への謝罪の言葉を書けよ」

　ポールの体からは、皮膚の脂《あぶら》や汚れた髪の臭《にお》いのまじった悪臭が押し寄せてくる。

「てめえ、頭が狂ってるな、小僧、こんなところにやってくるとは」

「いいか、こう書くんだ――このたびはとんでもない無礼を働きまして申しわけありませんでした、今後、市《いち》では決してあなたをまともに見たりしませんし、言葉をかけたりもしません、と」

「ふん、あのジャポネーズに謝れってのか？」ポールはあざ笑った。「まず最初にな、てめえを川に放り込んで、ごしごし洗ってやら」包丁を握りしめて、「それから、てめえのズボンを切り裂いて、てめえがいちばんいやがるところにお仕置きをしてやろうじゃねえか」

彼はずいとハンニバルに詰め寄った。ハンニバルは琵琶のケースが立てかけてあるバイクのほうに後ずさる。

そこで立ち止まって、言った。「おまえはぼくの叔母の隠しどころについて、何か訊《き》いてたな。おまえはどう思ってるんだっけ、それの形について？」

「てめえのお袋なのか、あの女は？　日本女のあそこはな、縦じゃなく、水平についてんだよ！　てめえもあの女と一発やれば、すぐわかるだろうぜ」

大きな手でつかみかかろうと、ポールは突進してきた。ハンニバルはさっと体をひねり、琵琶のケースから太刀を抜きとりざま、ポールの下腹部を横に薙《な》ぎ払った。

「こういうふうに、水平にか？」

肉屋の悲鳴が木々の梢《こずえ》に響きわたり、小鳥たちがいっせいに飛び上がった。下腹をおさえたポールが手を離すと、それはべっとりと血塗られていた。彼は傷口を見下ろして、なんとかもちこたえようとした。が、みるみるうちに内臓がこぼれ出て、指の隙間《すきま》から垂れ下がる。ハンニバルは一歩わきに踏み込み、振り返ると同時にポールの腎臓《じんぞう》のあたりを斜めに切り裂いた。

「それとも、脊椎《せきつい》すれすれのほうがいいか？」

さらに太刀を振り下ろすと、ポールの腹はX字形に切り裂かれた。衝撃のあまり、ポールは目を大きく剝《む》いて逃げ出そうとした。するとこんどは鎖骨のあたりを垂直に切られ、動脈がしゅっと切断されて、鮮血がハンニバルの顔にほとばしった。次の二撃でポールは両のくるぶしの後ろを切られ、どうと倒れて雄牛のように咆哮《ほうこう》した。

尻《しり》もちをついて切り株にもたれたポール。もはや両手をあげることもできない彼の顔を覗《のぞ》き込んで、ハンニバルは言った。「どうだい、ぼくのスケッチを見てみるかい？」

彼はスケッチブックをポールの顔の前に広げてみせた。そこには、皿にのっているポールの首の絵が描かれていた。髪の毛にとりつけられた名札には、こうあった――〝ポール・モマン、精肉業者〟。

ポールの視界の周縁がしだいに暗くなりはじめた。ハンニバルはまた太刀を振り下ろした。一瞬、ポールの視界のすべてが横向きに倒れ、血圧が急低下して、闇が降りた。

ハンニバルもまた、彼自身の闇の中で、あの黒鳥が近寄ってきたときのミーシャの声を聞いていた。彼の口から、声がほとばしった。「こわい、アンニバ！」

午後の時が静かにすぎてゆく。ハンニバルは黄昏《たそがれ》に包まれるまでその場を離れず、木の切り株にもたれて座して瞑目《めいもく》していた。切り株にはポールの首がのっていた。やがて目をひらくと、なおも長いあいだ彼はすわっていた。そのうちとうとう立ち上がり、船着場のほうに歩み寄った。魚がつないであるストリンガーは細い鎖でできている。見ているうちに、つい自分の顔に手が伸びて、首のまわりの傷跡を撫《な》でていた。つながれている魚たちはまだ生きていた。手を濡《ぬ》らしてから魚たちを撫でて、一匹ずつ逃がしてやった。

「さあ、いけよ。いくんだ」鎖は対岸のほうに放り投げた。

餌籠のなかのコオロギたちも逃がしてやった。「さあ、いけよ！」キャンヴァス地のバッグを覗くと、きれいに洗ってある大ぶりの魚が一匹、入っていた。急に食欲が湧《わ》いてきた。

「うまそうだな」ハンニバルは言った。

22

多くの村人にとっては、肉屋のポールが惨殺《ざんさつ》されようとも、悲嘆の対象にはまったくならなかった。ドイツによる占領時代、この村では村長や何人かの村会議員が、レジスタンスへの報復措置としてナチスに銃殺された過去があったからである。

ポールの九分通りの遺体は、ロジェ葬儀社の防腐処置室の亜鉛メッキの台に横たわっていた。数日前、レクター伯の遺体が横たわっていたのと同じ台だった。

日が暮れる頃、黒いシトロエン・トラクシオン・アヴァンが葬儀社の前に着いた。入口に配置されていた巡査がすぐに走り寄って、車のドアをあけた。

「こんばんは、警視殿」

シトロエンから降り立ったのは、きちんとスーツを着こなした四十がらみの男だった。きびきびした巡査の敬礼に愛想よくうなずき返すと、彼は車のほうを振り返って、運転手と後部座席のもう一人の警官に指示した。「鞄《かばん》は警察署に運んでおいてくれ」

警視は葬儀社に入っていった。すぐ足を向けた防腐処置室に、この葬儀社の社主のムッシュー・ロジェと村の警察署長がいた。そこはいかにも処置室らしく、あちこちに水道の栓やホースや琺瑯《ほうろう》の容器があった。各種の用具の入ったケースは前面がガラス張りだった。

パリからやってきた警視の顔を見て、警察署長はぱっと顔を輝かせた。「これはポピール警視！　よくぞいらっしゃった。もうわたしのことはお忘れでしょうが……」

警視はじっと署長の顔を見返して言った。「いやいや、よく覚えているとも。バルマン署長。ニュルンベルクまでド＝レーを護送してくれたのはきみじゃないか。それから、裁判の間中、きみはずっと彼の背後にすわっていただろう」

「そしてあなたは有益な証拠を提示してくださった。いまだにあのときのことを名誉に思っております」

「では、見せてもらおうか？」

葬儀社の助手のローランが死体の覆《おお》いを剝《は》がした。

ポールの死体はまだ着衣状態のままで、衣類の、血がさほどしみこんでいない箇所に赤い筋が斜め十字に交叉《こうさ》して走っていた。死体には首がなかった。

「ポール・モマンです。正しくは、一部欠損しているモマンということになりますかな」署長は言った。「それはモマンの前科の記録ですか?」

ポピールはうなずいた。「そう、短いが醜悪な記録だ。こいつはオルレアンからユダヤ人を強制輸送するのに一役買っているのさ」

じっくりと死体を眺めてから、警視はその周囲をまわり、ポールの腕と手を持ち上げた。青白い肌に、野卑な刺青《いれずみ》がくっきりと浮き彫りになっている。独りごちるような淡々とした口調で、彼は言った。「両手に防御創がある。しかし、手首の擦り傷は何日か前についたものだな。最近、喧嘩《けんか》でもしたんだろう」

「ええ、それも頻繁に」葬儀社の社主が言った。

助手のローランが声を張り上げた。「先週の土曜日、彼は酒場で喧嘩をしたんですよ。で、あるカップルの歯を折ってしまったんです」頭をぐいと反らして、そのときのパンチのすごさを示してみせた。小さな頭に撫で上げた髪が、いきおいよく揺れた。

「リストをつくってくれないか、彼が最近喧嘩をした相手の」警視は言って死体の上にかがみこみ、くんくんと臭いをかいだ。「この死体には、まだどんな処置も施していないだろうね、ムッシュー・ロジェ?」

「もちろんですとも、ムッシュー。その点は署長から厳に禁じられて……」

ポピール警視は彼を台のほうに招き寄せた。ローランもついていった。

「この臭いの元だが、この葬儀社で使用されている何かかね？」

「青酸カリの臭いですな」ロジェは言った。「なんと、彼は最初に毒を盛られたのか！」

「青酸カリは焼いたアーモンドの臭いだろう」ポピールは言った。

「歯の痛み止めの薬みたいな臭いだけどな」ローランが言って、無意識に顎《あご》を撫でる。

ロジェはくるっと助手のほうに向き直った。「馬鹿《ばか》者！　彼の歯なんてどこにある？」

「そうか、丁子油《ちょうじ》の匂《にお》いだ」ポピール警視が言った。「この村の薬局の店主をおさえて、顧客名簿を手に入れてくれるかい、署長？」


調理人の教えを受けて、ハンニバルはまず、鱗《うろこ》のついたままの素晴らしい魚の腹にハーブをつめた。それから、ブルターニュ産の海塩で全体を包み込み、オーヴンで焼いた。焼きあがった魚をオーヴンからとりだすと、調理人がキッチン・ナイフの背で海塩の外皮を割る。外皮は鱗と共に剥がれて、調理室には香ばしいかおりが広がった。

「いいですか、ハンニバルさん」調理人は言った。「魚のいちばん美味《うま》いところは頰なのです。それはたいていの動物に言えることでしてね。食卓で切り分ける際は、片方の頬を奥方に、もう片方の頬を主賓にまわすのがきまりです。もちろん、あなたが調理室で一人で食べるときは、両方の頬を召し上がってけっこうですが」

市で買った特産の野菜を持って、セルジュが入ってきた。彼はテーブルの上を片づけて、袋の中身をあけはじめた。

そこへ、音もなく紫夫人が入ってきた。

「〝プティ・ジンク〟で葬儀屋のローランに会ったんですがね」セルジュは言った。「あの肉屋の汚《けが》らわしい首は、まだ見つからないそうです。あいつの話だと、死体には――いいですか――なんと丁子油の匂い、歯痛の薬の臭いがこびりついていたそうで。あいつの話だと――」

叔母の姿に気づいたハンニバルが、セルジュの話をさえぎった。「ねえ、叔母さまも何か食べなくちゃ。この魚、すごく美味《おい》しそうですよ」

「わたしはピーチ・アイスクリームを買ってきましたしね。とても新鮮なピーチのアイスクリームを」セルジュが言った。

紫夫人は無言のまま、しばらくじっとハンニバルの目を見つめていた。

ハンニバルは平然と彼女に微笑《ほほえ》みかけた。「ピーチか、素晴らしいな！」と、彼は言った。

23

深夜、紫夫人はベッドに横たわっていた。ひらいた窓から柔らかな微風にのって、下の中庭の隅に咲くミモザの花の香りが漂ってくる。彼女は寝具を下のほうに押しやって、腕と足に風を感じた。目はひらいていた。暗い天井を見上げて瞬《まばた》きすると、カタカタという微《かす》かな音が聞こえた。

下の中庭では老いたマスティフ犬が眠りのさなかに身じろぎし、鼻腔《びこう》を広げて空気を深く吸い込んだ。額にいくつかの皺《しわ》が刻まれたと思うと緊張がほどけ、雌犬はまた、獲物を追ったり、口中の血を味わったりする楽しい夢に誘い込まれた。

上の寝室では、暗闇《くらやみ》の中で紫夫人が耳をそばだてていた。屋根裏の部屋の床がきしんでいるのはまちがいない。あれはネズミが駆けまわっている音とはちがう。明らかに、だれかが床板を踏みしめている音だ。深く息を吸い込むと、紫は寝室の冷たい石の床に両足を下ろした。薄い着物をはおり、髪を撫でてから、廊下の花瓶に挿してあった花をとりあげる。それから、ろうそくのランプを手に、屋根裏に通じる階段をのぼっていった。

扉に彫られたギリシャ喜劇の仮面が、微笑《わら》いかけてくる。紫夫人は背筋を伸ばし、その仮面に手をかけて扉を押した。背後から隙間《すきま》風が吹いて、着物が背中に貼《は》りつくのがわかる。そっと力をこめて扉を押すと、暗い屋根裏の奥のほうでちらちらと明かりが揺らめくのが見えた。紫夫人はその明かりに近づいていった。ランプに浮かび上がった能面がこちらを見つめ、通りすぎる彼女を、壁にずらっとかかった浄瑠璃《じょうるり》人形が独特の仕草で見送る。籐《とう》のバスケットと、ロベールと暮らした歳月の名残りでもある、数々のステッカーの貼られたトランクの前を通って、神棚と具足に歩み寄っていく。具足の前にはろうそくがともされていた。

神棚には黒っぽいものがのっている。そのぼんやりとした輪郭だけが、ろうそくの明かりに浮かび上がっている。手にしたろうそくのランプを神棚の近くの木箱に置くと、紫夫人は平たい水盤にのっているポールの首をじっと見つめた。青白い顔はきれいにぬぐわれており、唇も閉じていたが、両の頬がえぐられていて、口から血が滴《したた》っている。水盤にこぼれた血は、活《い》け花の下の水のように器を満たしていた。ポールの頭髪には札がくくりつけられていた。“Momund, Boucherie de Qualité（モマン、精肉業者)」と、その札には書いてあった。

　モマンの首は甲冑《かっちゅう》のほうを向き、上目づかいに武将の面を見上げている。

　紫夫人も顔を上向けて、日本語で話しかけた。

「ご先祖さま、紫です。この花束の不調法なことを、お許しください。このたびのこと――わたしは、こういう教育を心がけたわけではなかったのに」

　萎《しお》れた花とリボンを反射的に床から拾い上げて、袖《そで》に隠す。その間も、目はじっと周囲をうかがっていた。太刀と戦斧《いくさおの》は本来の位置にあった。が、脇差《わきざし》は刀置きの上から消えていた。

　一歩後ずさって、屋根窓に歩み寄る。窓をひらいて、深く息を吸い込んだ。耳の中で、どくどくと鼓動が響いた。着物とろうそくの炎が微風に震えた。

　能の衣裳《いしょう》の陰で、かさかさという音。能面の一つから目が覗《のぞ》いていて、こっちを見つめている。

　紫は日本語で言った。「出ていらっしゃい、ハンニバル」

　暗闇から、日本語が返ってきた。

「こんばんは、叔母さま」

「この先は英語でつづけましょうか、ハンニバル？　ご先祖さまには聞かれたくない事柄について、話すことになるでしょうから」

「そうしましょう、叔母さま。いずれにせよ、ぼくの日本語のヴォキャブラリーはもう尽きてしまったから」

脇差と拭《ふ》きとり用の布を手に、ハンニバルはランプの明かりの中に踏み出してきた。紫は彼のほうに歩み寄った。長い太刀はまだ具足の前の刀置きにある。いざというときは手が届くはずだった。

「肉切り包丁を使ってもよかったんだけど」ハンニバルは言った。「政宗《まさむね》殿の刀を使いました。あれしかないと思ったから。お気にさわったら、ごめんなさい。刀には刃こぼれ一つ、生じていません。あの肉屋、バターみたいにすんなりと切れたから」

「あなたが心配です、ハンニバル」

「ううん、そう気にしないで。あの首は……ぼくが処理しますから」

「わたしのために、そんなことをするなんて」

「ぼくのためにしたんです、叔母さまの名誉を守りたかったから。叔母さまには一切責任はありません。政宗殿の剣を使ったことは、彼も許してくれると思います。でも、びっくりしたな、あの切れ味には」

ハンニバルは脇差を鞘《さや》に納め、甲冑に向かってうやうやしく一礼してから、刀置きにもどした。

「震えてますね、叔母さまは。完全に冷静を保っているけど、でも、小鳥みたいに震えていらっしゃる。叔母さまに捧《ささ》げる花がなかったので、ぼくは隠れていたんです。叔母さまが大好きだから、ぼくは」

下の中庭で、高、低、のリズムで鳴るフランス警察のサイレンが一度だけ響いた。マスティフ犬が身を起こし、外に出て吠《ほ》えはじめた。

紫夫人はさっとハンニバルに歩み寄り、彼の両手をとって自分の顔に近寄せた。ハンニバルの額に素早くキスすると、彼女は押し殺した声でささやいた。「急いで！　両手を洗いなさい！　千代の部屋にレモンがあるから」

下のほうで、入口の扉をノックする音が響いた。

24

心臓の鼓動が百を数えるまでポピール警視を待たせてから、紫夫人は階段に姿を現した。ポピール警視は部下と共に天井の高いホールに立って、踊り場に立つ夫人を見上げた。沈着で用心深そうな男だ、と彼女は思った。どこかしら、巣の張った窓の縦仕切りの前で身がまえる、一匹の精悍《せいかん》な蜘蛛《くも》に似ている。窓の向こうには、果てしない夜闇が見えた。

紫夫人の姿を見て、ポピールの息遣いはすこし速まった。その気配はホールの丸天井の効果でやや強まり、夫人はじっと耳を傾けた。

彼女は階段をいくつも踏まずに、一回の動作でいっぺんに降り切ってしまったかのように見えた。その両手は袖の中に隠されていた。

赤い目をしたセルジュがわきに立っていた。

「このお二方は警察の方です、奥さま」

「こんばんは」

「こんばんは、マダム。こんな夜更《よふ》けにお邪魔して申しわけありません。実は、おたくの坊ちゃんにたずねたいことがありましてね。彼は……甥御《おいご》さんですかな？」

「そのとおり、甥です。でも、その前にあなたの身分証明書を拝見させていただけます？」

片手がゆっくりと袖から差し出され、白い肌が露《あら》わになった。証明書の記載事項にすべて目を通してから、彼女は写真に見入った。

「ポッピル、とお読みするのかしら？」

「ポピールです、マダム」

「お写真ではレジオン・ドヌール勲章をおつけになっていらっしゃるのね、警視」

「ええ、マダム」

「わざわざお越しいただいて、恐縮ですわ」

身分証明書を返してよこす際、さわやかな香水の香りが仄《ほの》かにポピールの鼻をかすめた。彼の顔にじっと目を凝らして、香りが伝わったことを紫は確かめた。彼の鼻腔と瞳孔《どうこう》に微かな変化が生じたからだ。

「マダムのお名前は……？」

「紫です」

「正式には、奥さまはレクター伯爵夫人なんです。でも、紫さまと日本式にお呼びするのが慣わしになっていまして」

セルジュにしては珍しく、警察官相手に果敢に説明を試みた。

「では、マダム・ムラサキ、最初にあなたとお話をさせていただき、そのあとで甥御さんと個別にお話をさせていただきましょうか」

「お立場上もっともなお申し出だとは思いますけれど、当方としてはお受けしかねますわ、警視」

「いや、それはぜひともご承諾いただきませんと、マダム」

「この、わたしどもの家でお話しするのならかまいませんし、甥と二人一緒にご質問にお答えするぶんにはまったくかまわないのですけれど」

そのとき、階段のほうからハンニバルの声があがった。「こんばんは、警視」

ポピールはハンニバルのほうを見た。「一緒に署まできてもらえんかな、きみ」

「いいですとも、警視」

紫はセルジュに命じた。「わたしのコートを持ってきてちょうだい」

「それには及びませんよ、マダム」ポピールは言った。「あなたはおいでいただかなくて、けっこう。あす、わたしがこちらにうかがって、お話を聞かせてもらいますから、マダム。甥御さんを痛めつけるようなことは致しませんので、ご安心のほどを」

「大丈夫ですから、叔母さま」ハンニバルは言った。

紫夫人はいくぶん安堵《あんど》して、袖の中で握りしめていた拳《こぶし》をゆるめた。

25

防腐処置室は暗く静まり返り、ぽたっ、ぽたっ、と流しに落ちる滴《しずく》の音だけが静寂を破っていた。ポピール警視はハンニバルをつれて戸口に立った。二人の肩と靴は雨に濡《ぬ》れそぼっていた。

そこにはモマンがいた。その臭《にお》いで、ハンニバルにはわかった。ポピールが電灯をつけるのを、彼は待っていた。室内の光景が劇的に変わる瞬間、警視がどう出るか、興味があったのだ。

「ポール・モマンをもう一度見たら、彼だと識別できるかい？」

「できるだけ頑張ってみます、警視」

ポピールは明かりをつけた。モマンの衣服は葬儀屋の手で脱がされて、指示通り、紙袋に突っ込んであった。ゴムのレインコートを敷いた上で腹部の傷が荒っぽく縫合されたらしく、切断された首の部分にはタオルがかぶせてあった。

「この肉屋の腕の刺青《いれずみ》、覚えているかい？」

ハンニバルは死体の周囲をぐるっとまわった。

「ええ。まともに読みはしませんでしたけど」

死体を挟んで、少年はポピール警視の顔を見た。警視の目には、ぼんやりとだが、知性のきらめきが感じられた。

「なんと書いてある？」

「〝これはおれのだ、おまえのはどこだ？〟」

「本当は、こう書くべきじゃなかったのかな——〝これはおまえのだ、おれのはどこだ？〟。これはおまえの最初の殺人だ、おれの首はどこにある？　どうだね？」

「そういう言い方、警視さんには相応《ふさわ》しくないと思うけど。そんな人じゃないですよね、警視さんは。ぼくがここにいるあいだも、傷口から血は流れるのかな？」

「きみが逆上するようなどんなことを、この男はあの方に言ったんだ？」

「ぼくは逆上なんかしませんでしたよ、警視。こいつの言うことを聞くと、ぼくだけじゃなく、だれもかもいやな気持になったんだから。とにかく、下卑た男だったんです」

「彼はなんと言ったんだい、ハンニバル？」

「日本の女性のあそこは水平についてるって本当か、って訊《き》いたんです。しかも彼は、〝おい、ジャポネーズ！〟って声をかけたんですからね」

「水平に、か」ポピール警視は、傷口に触れそうなくらい近々と指先を寄せて、ポール・モマンの腹部の縫合の跡をたどった。「こういうふうに水平にかい？」そこから何かを読みとろうとするかのように、警視はまじまじとハンニバルの顔を見つめた。が、読みとれたものはなかった。何ひとつ読みとれなかったので、ポピールは別の質問を試みた。

「こうして死んでるモマンを見て、どう思う？」

ハンニバルは首の切断部にかかったタオルの下を覗き込んだ。「何もありませんね」と、彼は言った。


警察署にセットされた嘘《うそ》発見器は、村の警官たちが初めて目にする装置だったので、みな好奇心に駆られて集まってきた。ポピール警視に随行してパリからやってきた操作係は、あれこれと事前の調整を行ったが、そこには百パーセント芝居がかった仕草もまじっていた。各種のチューブが暖まってくると、タバコの紫煙がよどむ汗臭い部屋に、断熱材特有の熱い綿のような臭気が加わる。やがて警視は、嘘発見器を眺めているハンニバルを眺めながら、自分とハンニバル、それに操作係以外のすべての人間を部屋から閉め出した。操作係はセンサーを少年の体にとりつけた。

「きみの名前は？」彼はたずねた。

「ハンニバル・レクター」少年の声はくぐもっていた。

「年齢は？」

「十三歳」

テープの上をインク記録針がなめらかに動く。

「フランスに居住するようになって、どれくらいになる？」

「六ヶ月」

「ポール・モマンとは、知り合いだったのかい？」

「正式な紹介はされていなかったけど」

記録針はぴくりとも揺れない。

「しかし、彼が何者かは知っていたわけだね」

「ええ」

「木曜日の市で、きみはポール・モマンと口論、つまり、喧嘩《けんか》をしたかい？」

「ええ」

「いまは、学校に通っているのかい？」

「ええ」

「学校では制服を着るきまりかい？」

「いいえ」

「ポール・モマンが死んだことについて、何か罪深いことを知ってるかい？」

「罪深いことを知ってる？」

「答えるときは、はい、か、いいえ、のどちらかにすること」

「じゃあ、いいえ、です」

テープに描かれる線の山と谷は一定のリズムを描いている。血圧、脈拍に変化なし。呼吸もコンスタントで、目立つ変化はない。

「あの肉屋が死んだことは知ってるんだね」

「ええ」

操作係は装置のつまみ類にいくつか調整を施したようだった。

「きみは数学を学んできたかい？」

「ええ」

「地理を学んだことは?」

「ええ」

「ポール・モマンの死体は見たか?」

「ええ」

「きみはポール・モマンを殺したか?」

「いいえ」

テープを走る線に、顕著なぶれはない。操作係は眼鏡をはずした。それは、検査を終了するという、ポピール警視への合図だった。

ハンニバルに代わって検査用の椅子《いす》につかされたのは、オルレアン出身の、前科何犯という名うての泥棒だった。ポピール警視と嘘発見器の操作係が外の廊下で話し合っているあいだ、泥棒はそこで待たされた。

ポピールは巻かれた紙のテープをほどいた。

「食えないやつだ」ポピールは言った。

「ぜんぜん反応を示しませんでしたね」操作係は応じた。「あらゆることに鈍感になった戦争孤児なのか、それとも、怪物的な自制心の持ち主なのか」

「その、〝怪物的な──〟のほうだよ」

「こんどの泥棒は、警視が先に質問しますか？」
「いや、あいつには興味がない。でも、きみが一応テストしてくれ。わたしはあの少年の前で、あいつを何度かイタぶってやるかもしれん。わかるね、その狙《ねら》いは？」

村に通じる坂道を、無灯のバイクが一台、エンジンをかけずに惰力で下っていく。ライダーは黒いオーヴァーオールを着て、黒の目出し帽をかぶっていた。人気のない広場の奥のコーナーを音もなくまわると、バイクは郵便局の前に停車中の集配用ヴァンの陰に一瞬消えてから、また姿を現した。ライダーは懸命にペダルを漕《こ》ぎ、村から出る上り坂の道にさしかかったとき、初めてエンジンをかけた。

ポピール警視とハンニバルは、村の警察署の署長室にすわっていた。警視は署長の胃薬クランツォフラットのボトルのレッテルに目を走らせて、自分も一錠服《の》んでみようか、などと考えていた。
それから彼は嘘発見器の記録テープをデスクに置いて、指でロールを押した。テープはくるくると転がって、小さな峰の連なる曲線グラフが姿を現した。グラフの峰の連なりは、頂上が雲に隠れている山麓《さんろく》の丘陵を思わせた。

「きみはあの肉屋を殺したのか、ハンニバル？」

「一つ、訊いていいですか？」

「ああ、かまわんよ」

「パリからここまではかなりの距離ですよね。警視さんは肉屋の死亡事件が専門なんですか？」

「わたしの専門は戦争犯罪だ。ポール・モマンはいくつかの戦争犯罪の容疑者なんだよ。戦争犯罪は戦争の終結とともに終わるものではないのさ、ハンニバル」一息ついて、ポピールは灰皿の各側面の広告に目を走らせた。「おそらく、きみの思っている以上に、わたしはきみの境遇を理解しているつもりだがね」

「ぼくの境遇って、どんなものなんですか、警視さん？」

「まず、きみは戦争で孤児になった。そして、孤児院でしばらくすごすんだが、その間は自分の殻に閉じこもりつづけていた。身内の人間が全員死んでしまったとあっては無理もない。そしてとうとう、ようやくにして、美しい継母に引きとられた。そして彼女が、それまでの不幸の償いをしてくれた」なんとか目の前の少年との絆《きずな》を深めようとして、ポピールはハンニバルの肩に手を置いた。「彼女の芳《かぐわ》しい香りが孤児院の悪臭をぬぐい去ってくれる。ところが、そこにあの肉屋が現れて、彼女を汚《けが》らわしい言葉で辱《はずかし》める。きみがあいつを殺したとしても、その心情は十分理解できるね。だから、本当のことを言ってくれ。そして、わたしと二人で判事に事情を説明しようじゃないか……」

ハンニバルは肩を後ろにそらして、ポピールの手をはずした。

「〝彼女の芳しい香りが孤児院の悪臭をぬぐい去る〟ですって？　あなたは詩作が趣味なんですか、警視さん？」

「きみはあの男を殺したのか？」

「ポール・モマンは自分で自分を殺したんだ。愚鈍さと野卑な性分がたたって、死んだんだ」

ポピール警視は、恐るべき人間に関する知識と経験をすくなからず積んでいた。いま耳にした声、それこそは彼がずっと脳裏で聴いてきた声にほかならなかった。常人とは微《かす》かに異なるその声音、それが少年の肉体から発せられるのは驚くべきことだった。

初めて耳にする特異な波長。とはいえ、聞いた瞬間、〝異端〟の声と、彼には見きわめがついてもいた。かくも異能の頭脳を有する敵、その敵を狩りたてる戦慄《せんりつ》を覚えるのはそれこそ何年ぶりのことか。ポピールはいま、その戦慄を頭蓋《ずがい》の中に、腕の肌の粟立《あわだ》ちに、感じていた。そのためにこそ、彼は生きているのだ。

あの肉屋を殺したのは別の部屋にいる泥棒であればいい、と願う者がポピールのなかにはいた。と同時に、この少年がもし施設に収容されたら、マダム・ムラサキはさぞかし孤独にさいなまれ、話し相手をほしがることだろう、と先読みする者も彼のなかにはいた。

「あの肉屋は釣りをしていたんだ。彼の包丁には、鱗《うろこ》と血が付着していた。ところが、キャンヴァス地のバッグには獲物は一匹も入っていなかった。きみのところの調理人に聞いたんだが、きみはあの日、大魚を持ち帰って夕食に供したそうじゃないか。どこで手に入れたんだい、その魚は？」

「もちろん、川で釣り上げたんですよ、警視。ボートハウスの裏手の水中には、いつも餌《えさ》をつけた釣り糸がたらしてあるんです。ご興味があれば、いつでもお見せします。ところで警視、あなたは戦争犯罪という捜査対象を、自分から選んだんですか？」

「そうだが」

「ご家族を戦争で失ったから？」

「ああ」

「どういう形で失ったのか、教えていただけます？」

「戦闘で死んだ者もいるし、東方に強制的に送られた者もいる」

「その責任者は、もうつかまえたんですか？」

「いや」

「でも、そういう連中はヴィシー政府の協力者だったんでしょう、あの肉屋みたいに」

「そうだが」

「お互いに、掛け値のない本音で話し合ってもいいですか？」

「もちろん」

「ポール・モマンが死んだこと、あなたは本当に残念に思っていますか？」


広場の奥の木々の茂った横道を、今夜も村の床屋のリュバンが、いつもどおり、愛犬のテリアをつれて散歩していた。一日中客と会話を交わしているリュバンは、夜になっても愛犬と語りつづけていた。郵便局の前にさしかかったとき、彼は草むらからテリアを引き離した。

「どうせなら、フィリップのところの芝生でやればよかったんだよ、だれも見ていなかったんだから」リュバンは言った。「こんなとこでおしっこをしてだれかに見つかったら、罰金ものだぞ。おまえは金を持ってもいないくせに。払わされるのはおれなんだからな」

郵便局の前には、支柱にのった郵便ボックスがある。テリアはリードを引っ張ってそこに歩み寄り、後ろ肢《あし》をあげた。

郵便ボックスの上にだれかの顔が覗《のぞ》いていたので、リュバンは言った。「こんばんは、ムッシュー」それから愛犬に向かって、「ほら、ムッシューに失礼な真似《まね》をしちゃだめだろうが！」テリアはくんくんと鳴いた。そのとき、郵便ボックスの下にはだれの脚も立っていないことに、リュバンは気づいた。

一車線の舗装路を、薄暗い自分のヘッドライトの光芒《こうぼう》を追い越しそうな勢いで、バイクは疾走した。前方から一台の車が走ってきたのを見ると、ライダーは瞬時に路傍の立ち木の陰に飛び込んでやりすごし、その車のテールランプが見えなくなるのを待って、また走りだした。

暗いシャトーの物置小屋でバイクのヘッドライトが消え、切られたエンジンがチリチリと鳴りながら冷えはじめる。紫夫人は黒い目出し帽を脱ぎ、髪に手をやって整えた。


郵便ボックスにのっているポール・モマンの首に、警察のフラッシュライトの光が集中する。ポールの額、髪の生《は》え際《ぎわ》のすぐ下には、“Boche（ドイツ野郎）”と書かれていた。周囲には酒場で飲んでいた連中や夜勤の労働者たちの野次馬が集まっていた。

ポピール警視はハンニバルをポールの首の直前に立たせて、死体の顔が照り返す明かりの下、少年の顔をじっと観察した。ハンニバルの表情は毛筋も変わらなかった。

「とうとうレジスタンスの連中がやったんだ、モマンを仕留めたんだ」床屋のリュバンが言い、自分が首を見つけた経緯を——愛犬が粗相したくだりは周到に省いて——周囲の連中に説明した。

集まった連中の中には、ハンニバルのような少年にそんなものを見せるのは問題だ、と見なす人間もいた。帰宅途中の、年配の夜勤の看護師などは、はっきりそう言ってはばからなかった。

ポピールは警察の車でハンニバルを帰宅させた。薔薇《ばら》色《いろ》の曙光《しょこう》が射《さ》す頃、ハンニバルはシャトーに着き、花を幾輪か、掌中で高さを整えながら切って城館の中に入った。茎の長さを切り揃《そろ》えるうちに、花束に添える俳句が浮かんできた。アトリエに入ると、叔母の筆がまだ墨で濡《ぬ》れていたので、それを使わせてもらった。

しらさぎと
白さを競うや
仲秋《あき》の月

日が中天にかかる頃まで、ハンニバルは熟睡した。ミーシャの夢を見た。

まだ戦争がはじまる前の夏。乳母の手で狩猟ロッジの庭に置かれたバスタブの水は、陽光でほどよく温められ、そこにつかったミーシャの周囲をモンシロチョウが舞っている。ハンニバルがナスを茎から切ってやると、陽光で温められた紫色のナスを、ミーシャは胸に抱きしめた。

目が覚めると、ドアの下の隙間《すきま》に藤《ふじ》の花の添えられた紙片が挟まれていた。そこにはこう書かれていた。

もし蛙《かえる》の群れに包囲されたら
しらさぎを選ぶわ（訳注　蛙＝frogはフランス人の蔑称としても使われる）

26

やがて千代が日本に帰国する運びになり、彼女はその準備の一環として、ますます熱心にハンニバルに日本語を教えた。自分がいなくなったあと、ハンニバルが紫夫人の話し相手になってくれれば、夫人が英語ばかりしゃべる退屈さから逃れられるだろうと思ったのである。

日本の平安時代には、和歌に託して思いのたけを伝え合う優雅な風習があった。ハンニバルはそれを真剣に学ぼうとするので、千代は実際に彼と和歌の交換も行ってみた。その際、あたしの未来の夫の最大の欠点はこれが不得手なことなのよね、とハンニバルに打ち明けたりした。

紫夫人の守護をハンニバルに誓わせるにあたって、千代は、西洋人が神聖視するさまざまなものにかけて誓約する形をとり入れた。もちろん、屋根裏部屋の神棚でも誓わせたし、互いの指先をピンで刺して血の誓約もとり交わした。

が、別れのときはいやおうなくやってくる。千代が日本に向かうための荷造りをするときは、紫夫人とハンニバルがパリに向かうための荷造りをするときでもあった。

リヨン駅頭での別れの当日、セルジュとハンニバルが千代のトランクを連絡列車に積み込んでいるあいだ、紫夫人はコンパートメントに千代と並んですわり、出発ぎりぎりの瞬間まで彼女の手を握っていた。汽車が走り出す直前の彼らの様子を目にする者がいたら、丁寧に一礼し合うだけの三人を見て、ごく淡々とした別れだな、と思ったかもしれない。

帰途についた紫夫人とハンニバルは、千代がいなくなった意味を痛いほど意識していた。いまや彼らは完全に二人きりになったのだ。


紫夫人が移り住むことになったパリのアパルトマンは、戦前、彼女の父親が引き払って以来空室になっていたところで、漆と陰翳《いんえい》が微妙な風合いをかもしだす内装が、濃厚な日本情緒を生み出していた。久方ぶりに覆《おお》いをとり外されていく家具の一つ一つが父親の思い出を甦《よみがえ》らせたはずだが、紫夫人がそれを明かすことはなかった。

彼女は甥《おい》と共にずっしりと重いカーテンをひらいて、陽光を招き入れた。

ハンニバルは窓際に立って、眼下のヴォージュ広場を見下ろした。暖かみのある赤レンガ造りの建物に囲まれた、明るい大きな正方形の広場。戦争のもたらした荒涼をまだ一部に留めているとはいえ、そこはパリでも最も美しい広場の一つだろう。かつてアンリ二世がディアーヌ・ド・ポワティエの旗の下、運命的な馬上槍《やり》試合を行ったのは、まさしく眼下のその平地だったのだ。王はそのとき落馬し、木の破片が目に突き刺さったのが致命傷となった。枕頭《ちんとう》に侍《はべ》ったあの解剖学者ヴェサリウスですら、王を救えなかったという。

ハンニバルは片目を閉じて、アンリが落馬した正確な地点の見きわめをつけた。おそらく、いま、ポピール警視が鉢植えの植物を手にしてこちらを見上げている、あの地点だろう。ハンニバルは手を振らなかった。

「お客さんのようですよ、叔母さま」彼は首をよじって言った。

どなた、と紫夫人は訊《き》き返さなかった。ノックの音がしたとき、彼女はすこし間を置いてから扉をあけた。

ポピールは植木鉢と、フォションで買った菓子の袋を抱えて入ってきた。両手がふさがったまま帽子をとろうとするので、すんなりとはいかない。紫夫人が帽子を預かった。

「パリにようこそ、マダム・ムラサキ」と、ポピールは言った。「この鉢植えならおたくのテラスにぴったりだと、花屋が言ってましたのでね」

「うちのテラス？　あなたはわたしの身辺を嗅《か》ぎまわっているのね、警視——うちにテラスがあることをご存知だということは」

「それだけじゃない。ホワイエがあることも確認ずみです。当然、キッチンも備わっているでしょうし」

「じゃあ、部屋を一つずつ、しらみつぶしにあたったの？」

「ええ、それがわたしの手法ですから。部屋を一つずつあたっていくのが」

「その結果、どこにたどり着くのかしら？」ポピールの顔にぽっと赤みがさしたが、彼女はそれ以上こだわらないことにした。「この鉢は日なたに置いたほうがいいんでしょうね？」

　ポピール警視と叔母が近寄ってきたとき、ハンニバルは具足の荷ほどきをしている最中だった。彼は武将の面を持って、木箱のかたわらに立っていた。ポピールに気づいても、そっちに体を向けようとはせず、フクロウのように頭だけをめぐらして相手を見た。紫夫人はポピールの帽子を手にしている。それを見て、ハンニバルは即座にポピールの帽子のサイズと頭部の重量を割り出していた。サイズ、六十一センチ、重量六キロ。

「そのマスクを、かぶることがあるのかい？」ポピール警視はたずねた。

「まだ、かぶる資格がないんです」

「どうしてだろう」

「あなたは、たくさんの勲章を全部つけることがあるんですか、警視？」

「出席する儀式によってはね」

「フォションのチョコレートか。考えましたね、ポピール警視。チョコレートの芳《かぐわ》しい香りが孤児院の悪臭をぬぐい去ってくれますよ」

「しかし、丁子《ちょうじ》油の香りは消えんだろうな。そうそう、あなたの居住資格の問題についてお話ししたいんですよ、マダム・ムラサキ」

ポピールと叔母はテラスで話しはじめた。その姿を窓ごしに眺めながら、ハンニバルはさっきの推測に修正を加えていた。ポピールの帽子のサイズは、六十三センチだろう。会話をつづける合間にも、ポピールと紫夫人は何度も鉢の位置を動かして、陽光を浴びる具合を測っている。何かをしていないと身が持たないかのように。

ハンニバルは具足の荷ほどきを中断した。木箱のかたわらにひざまずき、脇差《わきざし》の鮫《さめ》皮《がわ》の柄《つか》に手を置いて武将の面をかぶると、目の空洞部を通してポピールのほうを見た。

叔母が笑っているのが見える。きっとポピール警視が下手な冗談を言ったので、お付き合いに笑っているのだろう。ハンニバルはそう踏んだ。

再び部屋にもどった紫夫人は、警視とハンニバルだけをその場に残して出ていった。

「きみの叔父さんは、亡《な》くなられた当時、リトアニアでのきみの妹さんの安否を探っていたんだったね、ハンニバル君」警視は言った。「その点については、わたしも調べられるんだ。たしかに、現在、バルト海沿岸諸国で調査を続行するのは困難な状況になっている――ソ連当局の協力をあてにするのはとても難しいのでね。でも、彼らに対する要請はつづけるつもりでいるよ」

「ありがとうございます」

「だいたい、どういうことを記憶しているんだね、きみは？」

「家族みんなで狩猟ロッジで暮らしていたこと。それから、爆発があって。はっきり覚えているのは、兵隊たちに拾われたあと、戦車に乗せられて村に着いたことかな。爆発があってから兵隊たちに拾われるまで、その中間の記憶はまったくないんです。なんとか思いだそうとするんだけど、だめなんですよ」

「リュファン博士とも、話してみたんだよ」

目立つ反応なし。

「きみと話し合った内容については論じたくない、と言っていた」

やはり反応なし。

「しかし、これはまあ当然のことだが、きみが妹さんの身の上を非常に気にかけている、ということは言ってたね。いずれ時間がたてばきみの記憶ももどるかもしれない、とも言っていた。この先、もし何か思いだしたら、わたしにも教えてくれ」

ハンニバルは警視の顔を静かに見返していた。「もちろん、教えますとも」ああ、時計が時を刻む音を聞きたい、と彼は思った。いま、その音が聞けたらどんなにいいだろう。

「そういえばポール・モマンの……事件のあとで、きみと話し合ったことがあったね。そのときわたしは、こんどの戦争で身内の者をなくした事実を打ち明けた。彼らのことを思いだすのはとてもつらいのだ、わたしにとっては。なぜだと思う？」

「教えてください、警視」

「なぜなら、自分には彼らが救えたんじゃないかという思いがあるからさ。自分にできたはずなのにやらなかったことを何か思いつくのでは、という恐怖に、わたしはいつもさいなまれている。もしきみも、それと同じような恐怖にさいなまれているなら、それを直視することを避けたいがあまりミーシャの発見に役立つような記憶を締め出したりしないことだ。どんなことでも思いだしたら、わたしに話してくれ」

紫夫人が部屋に入ってきた。ポピールは立ち上がって、話題を変えた。「こんどきみが通うことになったリセは、いい学校だよ。きみは実力で入学許可を得たのだから立派なものだ。何かわたしにできることがあったら、力になるよ。きみがうまくやっているかどうか、これからときどきリセに立ち寄ってみることにしよう」

「でも、警視さんはこのアパルトマンに立ち寄るほうが楽しいんじゃないですか」ハンニバルは言った。

「いつでも歓迎しますわ」と、紫夫人。

「じゃあ、さようなら、警視」ハンニバルは言った。

ポピールを玄関から送り出した紫は、怒りの色を浮かべてもどってきた。

「ポピール警視は叔母さまが好きなんです。そう顔に書いてあるもの」ハンニバルは言った。

「じゃあ、あなたの顔から、あの人は何を読みとると思うの？　とても危険なことよ、あの人をからかうのは」

「あの警視は、付き合ってみると、すごく退屈な人間だと思うけど」

「あなたは、いまのような礼儀知らずにもなれるのね。あなたらしくもない。もし、お客さまに失礼な態度をとりたいのなら、あなた自身の家でしてちょうだい」

「でも、叔母さま、ぼくはこの家で叔母さまと一緒に暮らしたいんです」

とたんに、怒りは薄れていった。「それはできないわ。休日は一緒にすごしましょう。それから週末も。でも、これからはリセの規則どおり、あなたは学校の寄宿舎で暮らすの。だけど、わたしの手はいつもあなたの心臓に置かれているから」その言葉どおり、彼女はハンニバルの心臓に掌《てのひら》を置いた。

彼の心臓に。ポピールの帽子を持っていた手を、そう、彼の心臓に。モマンの弟の喉元《のどもと》に包丁を突きつけたあの手。あの肉屋の髪をつかみ、その首を袋につめ、郵便ボックスの上に置いた手。ハンニバルの心臓の鼓動が紫夫人の掌に伝わった。彼女の顔は言い知れぬ深さをたたえていた。

27

蛙《かえる》は戦前からホルマリン漬けで保存されていたから、各内臓器官固有の色はずいぶん前に漂白されてしまっていた。

異臭の漂う学校の実験室。

蛙の標本は生徒六人につき一体の割合で与えられていた。生徒たちは小さな死骸《しがい》ののっているプレートを囲んでスケッチに励んでいて、テーブルには汚れた消しゴムの消し屑《くず》が散らばっていた。石炭がまだ不足しているため、実験室の中は寒く、生徒たちの中には指先の部分がカットされた手袋をはめている者もいた。

ハンニバルは蛙を見にきては、また自分の机にもどって何やらやっていた。蛙の標本と自分の机のあいだを、彼はすでに二往復していた。

ビヤンヴィル先生は、とかく教室の最後部にすわりたがる生徒に対して、教師に特有の猜疑心《さいぎしん》を抱いていた。彼は側面からそっとハンニバルに近づいて、自分の疑いが的中していたことを覚《さと》った。ハンニバル少年は、蛙の代わりにだれかの顔を画用紙に描いていたのである。

「なぜ蛙の標本を描かないいんだね、ハンニバル・レクター？」

「もう描き終えました、先生」ハンニバルはいちばん上の紙をめくってみせた。するとたしかに、解剖見本になった蛙の姿が正確に描かれていた。しかも、ダ・ヴィンチ作の有名な男性の裸体図のように、周囲が円弧で囲まれている。内臓器官は線影をつけて描かれていた。

先生は注意深くハンニバルの顔を覗《のぞ》き込んだ。舌の先で義歯のずれを直してから、彼は言った。「このスケッチ、しばらく借りるよ。ぜひこの絵を見せたい人間がいるんでね。きっと賞賛されるな、間違いない」いちばん上のページにもどして、そこに描かれた顔を見ながら、「これはだれなんだね？」

「わからないんです、先生。以前、どこかで見た顔なんですけど」

それは、あのヴラディス・グルータスの顔だった。が、ハンニバルはまだ彼の名前を知らなかった。それは、かつて月夜に見た顔、いまは真夜中に部屋の天井に浮かぶ顔だった。

教室の窓から灰色の光が射《さ》し込みつづけた一年間。すくなくとも、光線は絵を描くのに困らない程度には拡散していた。教師たちがハンニバルを一年上のクラスに、次いでその上のクラスに、そしてまたその上のクラスへと特別に進級させるにつれて、教室も変わっていった。

とうとう休日がやってきた。

夫のロベールに先立たれ、千代が日本に帰国して以来最初の秋。紫夫人の喪失感は急速に深まっていた。夫がまだ存命の頃は、秋になるとシャトーの近くの草原に夫とハンニバルと千代と、四人集って月見の宴をひらき、秋の虫の音に聴き入ったものだったが。

いまはパリのアパルトマンのテラスで、千代が結婚の準備について書いてきた手紙を、彼女はハンニバルに読み聞かせていた。それから二人で、月の満ちゆく姿を鑑賞したのだが、コオロギの鳴く音は聞こえなかった。

明くる日の早朝、リビングに据えた簡易寝台を折りたたむとすぐ、ハンニバルは自転車を漕《こ》いでセーヌを渡り、植物園を目指した。この植物園にくると、彼はよく園内の動物園を訪ねて知りたい情報を教えてもらう。きょうもやはりそうだった。収穫はあった。彼はある住所をメモ用紙に走り書きした。

そこからさらに十分ほど南に走って、モンジュ広場に着く。そこからオルトラン通りに入っていくと、目指す店があった――〝熱帯魚、小鳥、稀少《きしょう》ペット店〟。

ハンニバルはサドルバッグから小さな画帳をとりだして、中に入っていった。

狭い店内には水槽や鳥籠《とりかご》が何段にも並べられ、小鳥たちのさえずる声やハムスターがカラカラと車輪をまわす音が交錯している。鼻をつく臭《にお》いには、穀物の粒や温かい羽毛、それに魚の餌《えさ》の臭いがまじっている。

レジのわきの鳥籠から一羽の大きなオウムがハンニバルに日本語で呼びかけてきた。すると店の奥から、人の良さそうな顔の年配の日本人男性が現れた。彼はそれまで食事をこしらえていたらしい。

「ゴメンクダサイ」ハンニバルは日本語で言った。

「イラッシャイマセ、ムッシュー」店主が応じる。

「イラッシャイマセ、ムッシュー」オウムが真似《まね》をする。

「コチラデハ、スズムシ、ウッテマスカ?」

「ノン、ジュ・スイ・デゾレ、ムッシュー（いいえ、申しわけありませんが）」

「ノン、ジュ・スイ・デゾレ、ムッシュー」またオウムがオウム返しに言う。

店主は顔をしかめてオウムを一瞥《いちべつ》すると、でしゃばりの鳥をまごつかせるために英語に切り替えて言った。

「コオロギ同士を闘わせる〝闘蟋《とうしつ》〟というゲームはご存知ですね。それ用のコオロギなら、優秀なやつが何匹も揃《そろ》っていますす。どいつも獰猛《どうもう》な戦士でしてね。まず負けたことがありません。闘蟋仲間では名の知れたやつばかりですよ」

「ぼくが探しているのは、ある日本の貴婦人への贈り物なんです。彼女はこの季節になるとスズムシの音色に恋い焦《こ》がれるんですよ」ハンニバルは言った。「だから、並みのコオロギではだめなんだな」

「それじゃあ、フランスのコオロギは不適当ですな。あれの音色は交尾の相手に聞かせるだけのものですから。といって、うちではスズムシは扱っていませんのでね。そうだ、オウムはいかがですか。日本語をいくらでも知っていて、暮らしの万般、どんな表現もお手の物のオウムなら、その方も喜ばれるのでは」

「あのぅ、ひょっとしてご主人は、自分だけの楽しみ用にスズムシを飼っていませんか？」

店主は一瞬、遠くのほうを見る目つきをした。戦後発足して間もない第四共和制下のフランスでは、昆虫とその卵の輸入に関する法律はまだ確立されてはいなかった。

「そうですな、じゃあ音色を聞いてみますか?」

「それは光栄だな」ハンニバルは言った。

いったん店の奥のカーテンの陰に消えた店主は、小さな虫籠とキュウリと包丁を手にもどってきた。カウンターにその虫籠を置くと、にわかに好奇心を刺激されたオウムに見守られながら、キュウリを小さく輪切りにして虫籠に押し込む。すると、橇《そり》の鈴の響きのような、リンリンという澄んだスズムシの音色が響いた。店主が陶然たる面持ちで聴き入っているうちに、またリンリンという音色が響く。

でしゃばりのオウムが精一杯それに似せた声色を演じてみせた——高らかに、何度もくり返して。だが、いっこうに賞賛の言葉が湧《わ》かないと見ると、そいつは一転して、口汚い悪態を吐き散らしはじめる。その激烈さたるや、ハンニバルがエルガーおじさんを思い出したくらいだった。

「メルド(くそ)」と、覆《おお》いの下からオウムは言った。

「どうでしょう、このスズムシ、一週単位でお借りすることはできないかしら?」ハンニバルはたずねた。

「レンタル代はいかほどをお考えで?」

「たとえば、これと交換ということでは」ハンニバルが画帳から抜き出してみせたのは、ふしくれだった木の幹にとまっている一匹のカブトムシを精密に描いたペン画だった。

店主はその絵の両隅を慎重に持って、光にかざした。しばらく丹念に見てからその絵をレジにたてかけて、彼は言った。「わたしの同業者に問い合わせてみましょう。お昼時がすぎた頃、もどってきてくれますか?」

ハンニバルは近所をぶらついてまわり、露店でスモモをひとつ買って、食べた。すぐそばに、スポーツ用品店があった。ショウウィンドウに、オオツノヒツジや野生の山羊《やぎ》の剝製《はくせい》の頭部が飾ってある。ウィンドウの隅には、ホランド・アンド・ホランド社製の優美な二連ライフルが一挺《ちょう》、たてかけてあった。銃床の部分が素晴らしい出来栄《ば》えだった。ウッド部分が最初から金属を抱え込んでいたのでは、と思わせる緊密さがあり、両者が一体となって妖美《ようび》な蛇を連想させる強靭《きょうじん》な雰囲気をかもしだしている。

なんと優美な銃だろう。この銃の美しさは叔母の美しさの一端にも通じているな、とハンニバルは思い、そう思った自分が剝製の動物たちに凝視されているような気がして、きまりが悪かった。

頃合を見計らってあの店にもどると、店主はスズムシの虫籠を手にして待っていた。

「十月がすぎたら、籠を返してもらえますか?」

「この虫たち、この秋を乗り切れるチャンスはないのかなあ?」

「ずっと暖かくしておいてやれば、冬まで生き延びられるかもしれませんよ。籠を返していただくのは……ま、ご都合のよいときでけっこう」彼はキュウリも渡してくれた。「いっぺんに全部やったりしちゃだめですよ」


祈りを終えた紫夫人が、愁《うれ》いの色を漂わせてテラスに現れた。

残光のなおきらめく夕暮れ、テラスにしつらえられた低いテーブルで、夕餉《ゆうげ》がはじまった。そして食事が蕎麦《そば》のコースにさしかかったとき、キュウリで元気づいたスズムシが水晶のような音色で紫夫人を驚かせた。澄んだ歌声は花に隠された暗闇《くらやみ》から聞こえてくる。一瞬、紫夫人は夢かと思ったようだった。が、すぐにスズムシは再度リンリンと、橇の鈴の音のような歌声を響かせた。

怪訝《けげん》の色が目から消えて、夫人は現実にもどった。彼女はハンニバルに微笑《ほほえ》んだ。

「あなたとスズムシが、わたしの心と一つになって歌っているみたい」

「叔母さまを見ると、ぼくの心は弾むんです。ぼくの心に歌うことを教えてくれたのは、叔母さまだから」

スズムシの歌に応《こた》えて、月がのぼった。テラスもまた月と共に夜空に浮かび、玲瓏《れいろう》たる月光に引き込まれて、亡霊のはびこる地上から呪《のろ》いの影もない処《ところ》へと、いざなわれていくかのようだった。いまはそこにいるだけで、二人は満たされていた。

いずれハンニバルはスズムシが借り物であり、月が欠けはじめる頃には返さねばならないことを、打ち明けるだろう。それでなくとも、スズムシは晩秋まで飼いつづけないほうがいいのだ。

28

紫夫人は生来のセンスと不断の研鑽《けんさん》で身につけたエレガンスに包まれて、日々の暮らしを営んでいた。そのための経費は、シャトーの売却後、遺産税と相続税を納付した後に残った資金でまかなった。ハンニバルに対しては、望むものがあれば何でも与えるつもりでいたのだが、彼は何もねだろうとはしなかった。

実情を言えば、最低限の学資はロベール・レクターが用意しておいてくれたのだが、生活を楽しむゆとりまではハンニバルにはなかった。

おそらく、彼が生活資金を確保する上で最も重要な役割を果たしたのは、彼自身が書いた、学校宛《あ》ての一通の連絡書簡だったろう。その書簡には〝アレルギー専門医、ガミル・ジョリポリ博士〟という署名が付されており、ハンニバルは白墨の粉に対して深甚《しんじん》なアレルギー反応を示す故《ゆえ》、黒板から可能な限り離れた席にすわらせることが望ましい旨《むね》記されていた。

自分の成績は抜群だから、他の生徒たちが自分の悪《あ》しき所業を見習わない限り、教室で自分が何をやっていようと教師たちは咎《とが》めないだろう、という自信がハンニバルにはあった。

で、みんなから離れて教室の最後部にすわると、片方の耳で授業を聞きながら、彼はせっせと絵を描いていたのである。それは日本の剣豪として名高く、画業もよくした宮本武蔵《むさし》の画風を模して鳥を描いた水墨画だった。

その頃、パリでは日本趣味が流行していた。ハンニバルの描く絵は小ぶりなので、パリのアパルトマンの狭い壁を飾るには格好だったし、観光客のスーツケースにもらくらくと収めることができた。彼は自分の描く水墨画に、〝永字八法〟の〝永〟を用いた落款《らっかん》を押していた。

それらの絵はカルチェ・ラタンのサン・ペール通りやジャコブ通り沿いの小さな画廊でよく捌《さば》けたのだが、その種の画廊の中には、作品を持ち込むのは閉店後にしてくれ、と注文をつけるところもあった。エキゾティックな水墨画の作者がまだ紅顔の少年であることを、客に知られたくなかったからである。

夏の終わり、学校の授業が終わるとハンニバルはよくリュクサンブール公園に足を運び、まだ午後の陽射しの残る池に浮かぶおもちゃのヨットをスケッチしながら時間をつぶした。そして画廊が閉店した頃合になるとサン・ジェルマンまで足を延ばして、絵を売り込んでまわった。折りしも紫夫人の誕生日が迫っていた。彼はフリュステンベール広場の宝石店で、ウィンドウを飾る素晴らしい翡翠《ひすい》に目をつけていたのだ。

ヨットのスケッチはジャコブ通りの室内装飾店で売れた。が、肝心の水墨画はサン・ペール通りの、盗品なども扱う小さな画廊に売り込むためにとってあった。それらの絵は台紙をつけた上で額縁におさめると、一段と画格があがる。ハンニバルはすでに、代金のローン返済を認めてくれる腕のいい額縁商の馴染《なじ》みになっていた。

絵をおさめたバックパックを背に、サン・ジェルマン大通りをハンニバルは歩いていった。カフェの前のテーブルはどこも満員で、大道芸人たちが通行人にからんで、カフェ・フロールの前のテーブルを占めた客たちを楽しませている。セーヌにより近い小路、サン・ブノワ通りやド・ラベイ通りのジャズ・クラブはまだ堅く店を閉ざしていたが、レストランは営業していた。

ハンニバルはその日学校で出た昼食、〝殉教者の形見〟なるアントレのお粗末だったことを、なんとか忘れようとしていた。軒を並べるレストランの前を通っても、つい各店のメニューに並々ならぬ注意を払ってしまう。このぶんなら、いずれ叔母の誕生日を祝うディナーの資金も手当てできるだろう。彼はウニを食べさせてくれるところを探していた。

リート画廊の主人、ムッシュー・リートは、ハンニバルがチャイムを鳴らしたとき、夜の会合に備えてひげをあたっている最中だった。店のカーテンこそ降りてはいたものの、店内の明かりはまだついていた。

このリートという男、フランス人に対してはベルギー人特有の非寛容さで接し、アメリカ人のことは、徹底的に金をまきあげる対象としてしか見ていなかった。アメリカ人はどんなものにも金を払うと彼は信じていたのだ。その画廊で扱っているのは一流の具象派の画家たちの作品、小さな彫像や遺跡の出土品等で、船の絵や海景画でも知られていた。

「こんばんは、ムッシュー・レクター」リートは言った。「よくきてくれましたね。お変わりもなく。ちょっと待っててくれますか、絵の荷造りをしてしまいますから。今夜、アメリカのフィラデルフィアまで送らなきゃならないもんでね」

こういう愛想よさの裏には、あこぎな商法が隠されていると見てまずまちがいない。ハンニバルはそのことを、体験から心得ていた。持ってきた絵と、しっかりした筆致で書いた希望額をムッシュー・リートに渡すと、彼は言った。「すこし店内を見せてもらってもいいですか？」

「どうぞ、ご自由に」

学校を離れて優れた絵画を気ままに鑑賞できるのは楽しかった。きょうは午後いっぱいリュクサンブール公園の池のヨットをスケッチしていたので、頭では自然に水のことを、水を描く難しさのことを考えていた。ターナーの描いた霧や、その色彩のことを考えると、見習うことはとても不可能だと思ってしまう。絵から絵と見てまわりながら、水面と、その上の空気に目を注ぐ。そのうち、画架に立てられた一幅の小さな絵の前にさしかかった。明るい陽光を浴びたヴェネツィアの大運河の絵で、背景にはサンタ・マリア・デッラ・サルーテ教会も描かれている。

それは、レクター城にあったグアルディの絵だった。目蓋《まぶた》の裏に記憶の閃光《せんこう》がひらめき、思いをめぐらすまもなく、瞬時にわかった。あの懐《なつ》かしい絵が、額縁におさめられて、いま、目の前にある。もちろん、複製画という可能性も捨て切れない。手にとって、まじまじと見つめた。台紙の左上の隅に、小さな茶色い斑点《はんてん》模様のしみがある。まだ幼い子供だった頃、こういうしみを〝フォクシング（foxing）〟と両親が呼んでいるのを聞いたことがあった。そのときは何分も飽きずにそのしみに見入って、狐《きつね》の姿か狐の足跡をそこに見出《みいだ》そうとしたものだった。

この絵は複製ではない。まぎれもない本物だ。額縁を持つ手が熱く疼《うず》いた。

ムッシュー・リートが近寄ってきて、眉《まゆ》をひそめた。「さわっては困りますな、お買い上げになるのでなければ。はい、これ、いただいた絵の料金の小切手」リートは笑った。「大盤振る舞いだけど、さすがにこれでグアルディは買えんでしょう」

「ええ、きょうのところはね」ハンニバルは言った。「でも、また出直してきますから、ムッシュー・リート」

29

ドア・チャイムのお上品な鳴り方に苛立《いらだ》って、ポピール警視は力いっぱい扉を叩《たた》いた。

サン・ペール通りのリート画廊。

現れた店主に中に案内されると、ポピールは単刀直入に切り出した。

「このグアルディの絵は、どこで手に入れた?」

「コプニクという男から買いとったのです。コプニクとは、わたしと共同で事業を行っていた男ですが」リートは答えた。顔の汗をハンカチでぬぐいながら、彼は考えていた――いやはや、ヴェンツのない上着とは。なんて野暮天なんだ、このポピールというフランス人は。「コプニクはこの絵をさるフィンランド人から入手したと言ってましたがね、その人物の名前は言いませんでしたが」

「インヴォイスを見せてもらおう」ポピールは言った。「この商売をやっていれば、あんたは当然、〝記念物・美術品・重要文書委員会〟の盗難美術品リストを持っているはずだ。それも見せてもらおうか」

リートは自分の画廊の作品カタログと盗難美術品リストをつき合わせてみた。「ここをごらんください、警視さん。いいですか、盗まれたグアルディの作品名は、わたしのものとはちがいますよ。盗まれた絵に関してロベール・レクターが提出した作品名は、〝サンタ・マリア・デッラ・サルーテ教会の眺め〟となっています。でも、わたしの購入したこの絵の作品名は〝大運河の眺め〟なんですから」

「作品名など、どうだろうとかまわん。とにかく、裁判所が出した、この絵の押収《おうしゆう》命令書をわたしは持っているんだから。あんたにはちゃんと受け取りを渡すよ。それと、その〝コプニク〟とかいう男を大至急探してくれ、ムッシュー・リート。そうすればあんたは、いろいろと不愉快な目にあわずにすむ」

「でも、コプニクはもう死んでるんですよ、警視。この画廊の共同経営者だったんですがね。ですから最初は、この画廊を〝コプニク・アンド・リート〟と呼んでいたんです。〝リート・アンド・コプニク〟のほうが、ずっと響きがよかったはずですが」

「そのコプニクの履歴に関する書類はあるのか？」

「彼の弁護士が持っているはずです」

「じゃあ、それを手に入れるんだな、ムッシュー・リート。なんとしてでもそれを探すんだ。この絵がどういう経緯でレクター城からリート画廊に渡ってきたのか、それを知りたいんだよ、わたしは」

「レクターというと」リートは言った。「あの日本画風の水墨画を描いてくる少年の身内か何かで？」

「そうだ」

「それはまた突拍子もない話ですな」

「ああ、突拍子もない話なんだ」ポピールは答えた。「よし、じゃあ、その絵を包装してもらおうか」

二日後、リートは書類を携えてオルフェーヴル河岸のパリ警視庁に出頭した。ポピールは最初、わざと〝第二取調室〟と書かれた部屋の近くの廊下に彼をすわらせるよう手配した。その部屋ではレイプ容疑者の騒々しい尋問が進行中で、ドスンという音や悲鳴がしょっちゅう聞こえていたのである。そういう雰囲気に十五分ほどリートを漬からせておいてから、ポピールはようやく自分の部屋に彼を呼び入れた。

画商はポピールに一通の受取証を手渡した。それは、コプニクがエンプ・マキネンという人物から八千イギリス・ポンドでグアルディの絵を購入したことを示していた。

「で、あんたはこの受取証が信頼できると思っているのかい？」ポピールは訊《き》いた。

「わたしはそうは思わんがね」

リートは一つ咳《せき》払いをしてから、床に目を落とした。たっぷり二十秒間経過してから、ポピールはまた口をひらいた。

「検察官はあんたに対する訴追手続きを開始する腹らしいんだよ、ムッシュー・リート。彼はいちばん厳格なタイプのカルヴァン派の信徒でね。知ってたかい？」

「あの絵は……」

ポピールは手をあげて、リートを黙らせた。「しかしだな、いまはその問題は忘れてほしいんだ。ただし、その気になれば、わたしはいつでもその問題を蒸し返せるのだ、ということは覚えておいてくれ。実はだな、あんたに手を貸してほしいことがほかにあるのさ。まあ、これを見てくれ」

彼がリートに手渡したのは、小さな印字でぎっしりタイプされた、法定サイズのオニオンスキン紙の束だった。「これは、〝記念物・美術品・重要文書委員会〟が〝ミュンヘン集積センター〟からパリに運んでくる盗難美術品のリストだ」

「ジュー・ド・ポーム美術館で展示される予定の品々ですね？」

「そうだ。そこで本来の持ち主たちが自分の絵を確認できるようにな。二ページ目の真ん中あたりを見てくれ。丸で囲んである作品があるだろう？」

「〝溜息《ためいき》の橋〟、ベルナルド・ベロット、三六×三〇センチ、油彩・板」

「この絵は知ってるかい？」ポピールは訊いた。

「ええ、聞いたことはあります、もちろん」

「これがもし真物だとすると、やはりレクター城から盗まれたものなんだ。有名な話だが、これは〝溜息の橋〟を描いたもう一つの絵と対になっている」

「ええ、ベロットの叔父、カナレットによる作品ですね。ベロットが描いたのと同じ日に彼も描いたとか」

「これもまた、レクター城から盗まれているのさ。おそらく、同一人物によって、同一の機会に。ところで、この二つの絵を対にして売った場合は、別々に売った場合と比べて、どれだけ高い値段がつけられると思う？」

「四倍にはなるでしょうな。この二つの絵を別々にするなんて、無知蒙昧《もうまい》な手合いのやることですよ」

「だとすると、二つの絵は無知によって、もしくはなんらかの偶然によって、別々にされたんだろうな。ヴェネツィアの〝溜息の橋〟を描いた二つの絵。もし、この二つの絵を盗んだ人物が、そのうちの一方、カナレット作の絵をまだ手離さずにいるとしたら、ベロットの絵をとりもどしたいとは思わないかな？」

「それは思うでしょう、もし自分の失策に気づいていれば」

「このベロットの絵がジュー・ド・ポーム美術館に展示されるときは、にぎにぎしく前宣伝が行われることになっている。そこであんたには、わたしと一緒に展示会にいってもらう。そして、ベロットの絵のことを嗅《か》ぎまわる人物が現れたら、そいつの顔をじっくり見てほしいんだよ」

30

連合国の〝記念物・美術品・重要文書委員会〟が盗難美術品の正当な所有者を見つけるために、〝ミュンヘン集積センター〟から運んできた五百点あまりの美術品。それをなんとかこの目で見ようと、チュイルリー庭園には大群衆が集まっていたが、紫夫人は特別招待状を持っていたため、彼らに先んじてジュー・ド・ポーム美術館に入ることができた。

展示される美術品の中には、フランス‐ドイツ間を三たび旅する作品も何点かあった。それらの作品は、最初、ドイツに侵攻したナポレオンに盗まれてフランスに運ばれ、次いでナチスに盗まれて故郷のドイツにもどり、今回また連合国の委員会の手でフランスにもどる、という変転を強いられたのである。

ジュー・ド・ポーム美術館の一階に足を踏み入れた紫夫人は、西洋絵画のすさまじいごった煮を目《ま》のあたりにすることになった。ホールの一方の壁などは血みどろの宗教画に占領されていて、磔《はりつけ》にされたキリストの肉体の燻製《くんせい》場と呼んでもおかしくなかっただろう。

すこしでも息抜きをしたくて、彼女は〝ミート・ランチ〟と題する作品のほうを向いた。それは豪勢なビュッフェを描いた陽気な絵なのだが、会食者と呼べるのは一匹のスプリンガー・スパニエルしかいなくて、それがいままさにハムにかじりつこうとしている様子が描かれているのだ。その奥のスペースは〝ルーベンス派〟の大作群に割かれており、背中に翼の生えたぽってりした赤子たちに囲まれた、バラ色の肌の豊満な女たちがひしめいていた。

ポピール警視が紫夫人に気づいたのは、彼女がそこに立っているときだった。ルーベンスの桃色の裸女たちを背に、シャネル風のドレスに身を包んでたたずむ紫夫人は、ほっそりとして実に優雅に見えた。

それからほどなく、下の階から階段を上がってきたハンニバルの姿にも、ポピールは気づいた。が、ポピール自身は姿を現さずに、二人の様子を観察していた。

そら、二人はいまお互いの存在に気づいたようだぞ。美しい日本の淑女と、彼女が庇護《ひご》している少年。二人が挨拶《あいさつ》を交わす様子も興味深い。二人は数メートルほど離れて立ち止まり、お辞儀をせずに笑みを交わしてお互いに気づいたことを知らせ合う。

それからゆっくり歩み寄って、軽く抱き合うのだ。紫夫人はハンニバルの額にキスして頰に手を添え、それを合図に二人は楽しげに語り合いはじめた。

親密な挨拶を交わす二人の上には、カラヴァッジョの〝ホロフェルネスの首を斬《き》るユディット〟がかかっている。これが戦前だったら、ポピールはその取り合わせを面白く思っただろう。だが、いまはうなじのあたりが粟立《あわだ》つのを覚えていた。

そこでハンニバルの目をとらえると、ポピールはリートが待っている入口近くの小部屋のほうに顎《あご》をしゃくってみせた。

部屋の中に三人が揃《そろ》うと、ポピールは言った。「〝ミュンヘン集積センター〟の話では、あの絵は一年半ほど前、ポーランド国境で、さる密輸業者から押収されたんだそうだ」

「で、その男は寝返ったんですか？　絵の入手先について、吐いたんですか？」

リートが訊くと、ポピールは首を振った。

「そいつはミュンヘンのアメリカ軍刑務所で、あるドイツ人の模範囚に絞殺《こうさつ》されてしまったのさ。その夜のうちに、その模範囚は消えてしまった。アメリカの防諜《ぼうちょう》機関とツルんだドラグノヴィッチ神父のヴァチカン救援《ラットライン》ルートで逃亡したんだろう。それで、迷宮入りだ。その絵はいま、一階の隅に近い八十八区画にかかっている。ムッシュー・リートの見るところ、真物の可能性が高いそうだよ、ハンニバル。どうだ、きみが見ればレクター城から盗まれたものだと、すぐにわかるかい？」

「ええ」ハンニバルは答えた。

「もしレクター家のものに間違いなかったら、さりげなく顎に手をやってくれ、ハンニバル。そして、もしだれかがきみに接近を図ったら、自分はこの絵を見つけただけで幸せだ、という振りをして見せるんだ。盗んだ犯人の詮索《せんさく》など、自分はどうでもいいんだ、という思い入れでね。いまはそんなことより金がほしい、これを取り戻しだい売却したい、これと対になっていた絵も手に入れたい——そういう気持を露骨に示してくれ。いいか、きみは利己的でわがままな、扱いづらい少年だと思わせるんだぞ、ハンニバル」彼にしては珍しく、その場の成り行きを楽しんでいるような口調で、ポピールはつづけた。「どうだ、できそうかい？　それから、きみの保護者たる紫夫人とぶつかるようなシーンも見せたほうがいい。相手はきみと接触したがるはずだ。きみはそれを待てばいい。その人物にしてみれば、きみとマダムが不仲なほうが工作しやすいと思うだろう。で、うまく相手が餌《えさ》に飛びついてきたら、連絡方法を聞くことを忘れずにな。わたしとリート氏は一足先にこの会場を出る。わたしたちが消えて二分ほどたってから、芝居をはじめてくれ。さあ、会場にもどろう」ポピールはかたわらのリートを促した。「これは合法的な活動なんだ。あんたもこそこそしないで、胸を張って歩きまわってかまわんから」

ハンニバルは紫夫人と共に、ずらっと展示された小品の絵画を熱心に見てまわった。あった。ちょうど目の高さだった。まぎれもない、〝溜息の橋〟。グアルディの絵をリートの画廊で見つけたときより、いま、この瞬間のほうが、ハンニバルにはショックだった。この〝溜息の橋〟と共に、亡《な》き母の面影が甦《よみがえ》ってきたからである。

その頃になると、会場はかなりの数の入場客で埋まりはじめた。美術品のリストを手に、返還請求書類の束を小脇《こわき》にかかえた男女の群れ。そのなかに、補助翼が上着についているのでは、と見まがうほど裾《すそ》の長いイギリス風のスーツを着た長身の男がいた。

ハンニバルと紫夫人のほうにさりげなく近づくと、男は美術品のリストを顔の前に持って聞き耳を立てた。

「この絵はね、お母さんの裁縫室にあった二つの絵のうちの一つなんだ」ハンニバルは叔母に言った。「最後にお城を出るとき、お母さんはこの絵をぼくに渡して、コックのところに持っていくように、って言ったんですよ。裏の部分を汚さないように、って」

ハンニバルはその絵を壁からはずして、裏返してみた。目の奥に火花が弾《はじ》けたような気がした。そこにはチョークで囲まれた幼児の手形がいまも残っていたのだ――大部分は薄れていて、親指と人差し指の形が残っているだけではあったが。手形が残っていたのは、上にグラシン紙が貼《は》ってあるおかげでもあっただろう。

ハンニバルの目はしばらくそこに吸い寄せられていた。目くるめくようなその瞬間、親指と人差し指の形が波のように揺らめいた気がした。

そのとき、ポピールの指示をかろうじて思い出した。

その絵がレクター家のものに間違いなかったら、顎に手をやってくれ。

とうとう、深く息を吸い込んでから、ハンニバルは顎に手をやった。

「これ、ミーシャの手なんだ」彼は紫夫人に言った。「ぼくが八つのとき、お城の二階の壁の塗り替え工事があって、この絵と、対になったもう一つの絵が、お母さんの部屋のソファに移されたんです。その上からシートがかけられて、ぼくとミーシャはそのシートの下にもぐりこんだんですよね。そこはぼくらのテントで、ぼくらは砂漠の遊牧民だった。ぼくはポケットからチョークをとりだして、邪悪な目を追い払うおまじないに、ミーシャの手のまわりをなぞったんです。お父さんとお母さんはすごく怒ったけど、絵自体はなんともなかったので、しまいには面白がってくれたと思うんだ」

ホンブルグ帽をかぶった男が、首からさげたＩＤカードを揺らしながら小走りに近寄ってきた。

ハンニバルはポピールの指示を思いだした――。

きっと、主催者側の係員が警告しにやってくる。そうしたら、彼に言い返すんだ。

「さわらんでください。絵にさわっては困ります」係員が言った。

「これはぼくの絵だから、さわったんだぜ」ハンニバルは言い返した。

「あなたが正式な所有者だと確認されるまでは、手にとることはなりません。違反した場合は退場処分になりますよ。いま、登録係の人間をつれてきますから」

係員が立ち去るとすぐ、イギリス風のスーツを着た男が声をかけてきた。

「アレック・トレブローという者です。お力になれるのではないかと思いまして」


二十メートル離れたところで、ポピール警視とリートが成り行きを見守っていた。

「あの男、見覚えがあるか？」ポピールが訊《き》いた。

「いいえ」リートは答えた。


トレブローと名のった男は、一段引っ込んだ、人目につかない開き窓の前にハンニバルと紫夫人をつれていった。年齢は五十代だろう。禿《は》げあがった頭は両手同様浅黒く日焼けしており、窓から注ぎ込む光線に照らされて、眉毛《まゆげ》に白いものがまじっているのがはっきり見えた。ハンニバルがこれまで一度も見たことのない男だった。

紫夫人を前にすると、たいていの男たちはやにさがるものだが、この男は例外で、それは彼女もすぐに感じとっていた。といって、その男のマナーにすこしでも非礼な点があったわけではないのだが。

「お会いできて光栄です、マダム」トレブローは言った。「お見かけしたところ、この方はまだお若いようだが、あなたが後見人でいらっしゃる?」

「このマダムはね、ぼくの大事な助言者なんだ」ハンニバルは言った。「交渉は直接、ぼくとしてほしいな」


貪欲《どんよく》さをむきだしにするんだ、とポピールは言った。で、紫夫人にはそれをとりなすような態度をとってもらえばいい。


「ええ、わたしが後見人です、ムッシュー」紫夫人は言った。

「でも、これはぼくの絵なんだから」ハンニバルは言い張った。

「その絵をとりもどすには、理事たちの主催する聴聞会《ちようもんかい》で、正式な返還請求を行わなければならんのですよ。ところが、その聴聞会は向こう一年半ほど予約で埋まっていましてね、その間この絵は委員会預かりになるわけです」

「ぼくは学費を払わなくちゃならないんですよ、ムッシュー・トレブロー。だから、この絵が売れれば――」

「ええ、わたしならお役に立てると思いますが」

「その方法を教えてください、ムッシュー」

「実は三週間後に、わたしは別の絵の件で聴聞会に出席できることになっておりまして」

「あなたは画商なんですの？」紫夫人がたずねた。

「できれば収集家になりたいんですがね、マダム。しかし、いいものを買うためには、別のものを売らなければならない。とはいえ、たとえ短期間であろうと美の極致を手中にできるのは商売冥利《みょうり》なことでして。レクター城のご一族のコレクションは、少数とはいえ逸品ぞろいですな」

「あのコレクションのこと、ご存知なんですか？」紫夫人は訊いた。

「レクター城のコレクションの盗難品目については、あなたの亡き——いや、ロベール・レクター氏が〝記念物・美術品・重要文書委員会〟宛《あ》てにリストを提出しておられますからね」

「で、あなたは三週間後の聴聞会で、ぼくの絵の返還請求をしてくれるというんですね？」ハンニバルは言った。

「ええ、一九〇七年に改定されたハーグ条約にもとづき、あなたの代理人として請求できると思います。詳しく説明いたしますと――」

「うん、わかってる。第四十六条でしょう。それはぼくたちも話し合ったんだよね」

ハンニバルはちらっと叔母のほうを見て、舌なめずりするように唇を舐《な》めた。一刻も早く売却したがっている、と思わせるための演技だった。

「でも、ハンニバル、わたしたちはそれ以外の選択肢についても、いろいろと検討したでしょう」紫夫人は言った。

「あなたの助けでこの絵をとりもどしても、あなたに売るのはいやだと言ったらどうなるんですか、ムッシュー・トレブロー？」

「その場合は、聴聞会の正規の順番がまわってくるのをお待ちになる以外ないでしょうな。とすると、この絵を晴れてとりもどせるのは、あなたが大人になってから、ということになる」

「夫が生前申していましたが」紫夫人が口をひらいた。「このベロットの絵のほかに、レクター城には同じテーマを描いたカナレット作の絵もあった、と。その二つが揃っていれば、価値はずっと高いものになるのだとか。もう一方のカナレットの絵は現在どこにあるのか、ひょっとしてご存知じゃありません？」

「いいえ、存じませんね、マダム」

「その絵が見つかって、あなたが両方とも入手したら、多大な利益を得られるんじゃないかしら、ムッシュー・トレブロー」彼女は相手の視線をとらえた。「この先、わたしからご連絡するとしたらどうすればいいのか、教えていただけます？」〝わたしから〟という言葉をさりげなく強調して、彼女はたずねた。

トレブローは東駅の近くの小さなホテルの名前を明かし、ハンニバルとは視線を交わさずに握手のみ交わして、周囲の人ごみに消えた。

ハンニバルは正式な返還請求の届け出をし、紫夫人と並んでごった煮の美術品のあいだを歩いてまわった。ミーシャの指の跡を見た瞬間から感覚が麻痺《まひ》状態に陥っていて、紫夫人がときおり撫《な》でてくれる頰だけが、彼女の手ざわりを感じとっていた。

ハンニバルの足が止まったのは、〝イサクの犠牲〟と題するタペストリーの前にさしかかったときだった。彼はその図柄に長いあいだ見入っていた。それは旧約聖書に記されている逸話、神から信仰を疑われたアブラハムが、神の命に従って息子のイサクの首を斬ろうと喉《のど》に手をかけている図を描いたものだった。

「お城の二階の廊下には、こういうタペストリーがたくさんかけてあったんです」ハンニバルは言った。「爪先《つまさき》で立つと、いちばん下の縁に手が届いたんだ」タペストリーの隅をめくって、裏の部分を見た。「こっちの側のほうが、ぼくは好きだったな。

図柄を描いている糸や紐《ひも》がはっきり見えて」

「もつれた思いのようにまざまざと、ね」紫夫人は言った。

ハンニバルがタペストリーの隅を元にもどすと、息子の喉に手をかけたアブラハムが震えた。そこに天使が手をさしのべて、ナイフを止めようとしている。

「神は、イサクを食べるつもりだったのかな？　それでアブラハムに息子を殺せと命じたのかしら？」ハンニバルは訊いた。

「とんでもない、ハンニバル。もちろん、そんなことはありません。ちゃんと天使が助けてくれるようになっていたんだから」

「助けてくれないときも、あるけど」ハンニバルは言った。


二人が美術館を後にするのを見届けたトレブローは、男子用トイレでハンカチを水で濡《ぬ》らすと、〝溜息《ためいき》の橋〟の前にとって返し、そこで素早く周囲をうかがった。こちらを見ている係員はいない。思い切って壁から絵を下ろし、裏のグラシン紙をめくりあげてから、濡れたハンカチでミーシャの指の跡をこすって消してしまった。こうしておけば、いずれこの絵が第三者預託になる際、係員が不注意に扱って消えてしまったのだ、ということですんでしまうだろう。こういう感傷的な付録はないほうがいいのだ。

31

私服刑事ルネ・アーデンはトレブローのホテルの前で張り込みをつづけ、三階の部屋の明かりが消えるのを見届けてから東駅に出かけた。そこで軽食をとって持ち場にもどると、幸い、肝心な瞬間に間に合った。トレブローがスポーツバッグを手に、またホテルから出てきたのだ。

トレブローは駅前に並んでいたタクシーに乗り込んで、セーヌを渡った。降りたところは、バビロン通りのサウナの前だった。彼はまっすぐサウナに入っていった。尾《つ》けていたアーデンは警察の標識のついていない自分の車を防火ゾーンに止め、五十数えてからサウナのロビーに入った。中は蒸し暑く、塗布剤の臭《にお》いが漂っていた。バスローブ姿の男たちが、いろいろな言語の新聞を読んでいる。

アーデンは服を脱ぎたくなかったので、そのままトレブローを追って蒸気の中に踏み込んだ。彼は思い切りの悪い男ではなかったのだが、父親を塹壕《ざんごう》足炎で失っていたため、その種の場所で靴を脱ぎたくなかったのである。木製のホルダーに綴《と》じられた新聞をラックからとりあげると、彼は手近の椅子《いす》に腰を下ろした。

トレブローは小さすぎるサンダルをはいて、いくつかの部屋をぺたぺたと通り抜けていった。どの部屋でも男たちがタイルのベンチにへたり込んで、熱い蒸気に身を任せていた。

このサウナでは、十五分単位で個室が借りられることになっている。トレブローは二番目の個室に入っていった。料金はすでに支払いずみだった。そこは息苦しいほどの蒸し暑さだった。

眼鏡の曇りをタオルでぬぐっていると、

「遅かったな」蒸気の中から、リートが言った。「こっちはもう体が溶けそうだぜ」

「ホテルのフロント係のやつ、おれがベッドにもぐりこんだときになって、ようやく伝言をつたえてきたんでね」

「きょう、ジュー・ド・ポームで、警察の連中があんたを見張っていたぞ。あんたがわたしに売ったグアルディは盗品だということを、警察は知ってるんだ」

「だれがおれのことをタレこんだんだい？　おまえさんか？」

「とんでもない。レクター城から盗まれた絵を現在所有しているのはだれなのか、あんたが知っている、と警察はにらんでいるようだ。本当に知ってるのかい？」

「いや。もしかすると、おれの卸し元は知っているのかもしれんがね」

「もう片方の〝溜息の橋〟をあんたが手に入れてくれれば、両方とも売り捌《さば》いてみせるんだが」

「どういう筋に売り込むんだ？」

「それは商売上の秘密さ。たとえば、アメリカの大手のバイヤーとか。どこかの財団とか。どうなんだ、本当は何か知ってるのかい、あんたは？　それとも、これはわたしの考えすぎってやつかな？」

「またあとで連絡させてもらうから」トレブローは言った。


翌日の午後、トレブローは東駅でルクセンブルグ行きの切符を買った。スーツケースを手に列車に乗り込む彼の姿に、アーデン刑事の視線が貼《は》りついていた。ポーターは、トレブローから受け取ったチップが不満な様子だった。

急いで警視庁に電話を入れると、アーデンは発車間際《まぎわ》の列車に飛び乗って、掌中のバッジを車掌に見せた。

列車が停車駅のメオーに近づいた頃に、日が暮れた。トレブローはシェーヴィング・セットを持って洗面所にゆき、列車が再び走りはじめたとき、スーツケースを席に置き去りにしたまま列車から飛び降りた。

駅から一ブロックほど離れたところで、一台の車が待っていた。

「どうしてこんなところで?」助手席に乗り込みながら、トレブローは訊《き》いた。「そう言ってくれれば、フォンテンブローのあんたの店に出かけたのに」

「ここで商談があるんでな」運転している男は答えた。「悪くない商談なんだよ」

その男のことを、トレブローは、クリストフ・クレベールという名前で知っていた。

クレベールは駅にほど近いカフェに車を乗りつけ、ヴォリューム満点の夕食をとった。彼はボウルをもちあげて、ヴィシソワーズをじかにすすった。それを見ながら、トレブローはニース風サラダをフォークでいじくり、皿のへりにサヤインゲンで自分の名前のイニシャルを書いたりしていた。

クレベールの注文した子牛のパイヤールが届いたとき、トレブローは言った。「あのグアルディは警察に押収《おうしゅう》されたぞ」

「エルキュールにもあんた、同じことを言ったそうだな。そういうことは、電話で話すもんじゃない。で、何が問題なんだ、いったい？」

「あの絵はそもそもリトアニアで盗まれたものだ、と警察はリートに言ったらしい。そうなのか？」

「もちろん、ちがうって。いったい、だれがそういうことを嗅《か》ぎまわってるんだ？」

「〝記念物・美術品・重要文書委員会〟のリストを持っている警視さ。その警視が、あの絵は盗まれたものだと言ったそうだ。どうなんだ、本当のところは？」

「あんた、スタンプは見ただろう？」

「〝人民教化委員会〟のスタンプか？　あんなものが何の役に立つ？」

「あの絵がリトアニアのだれのものだったのか、その警官は明かしたのか？　もしユダヤ人なら、問題ないぞ。ユダヤ人から盗んだ美術品は、連合国は返還しないからな。ユダヤ人はもうみんな死んじまってるから。だもんで、ソ連当局が管理するんだが」

「ただの警官じゃない。相手はれっきとしたアンスペクトゥール、警視なんだ」

「スイス風の発音ときたな。で、そいつの名前は？」

「ポピール、なんとかポピールだ」

「なあんだ」クレベールは言ってから、口元をナプキンでぬぐった。「そんなこったろうと思ったぜ。あいつなら、心配無用だって。もう何年も前から鼻薬をきかせてあるんだから。こっちの飼い犬なんだよ、ポピールは。そうか、じゃあ、そいつはただの形式的な手入れだな。で、リートのやつはポピールになんと言ったんだ？」

「まだ何も明かしてはいないようだ。しかし、話を聞くと、だいぶ神経質になっている様子でね。いまのところは、あいつの死んだ相棒のコプニクにすべてを押しつける腹らしいが」

「あんたがあの絵を入手した場所については、リートのやつ、何も知らねえんだろう？　うすうす感づいたような兆《きざ》しでもあるのか？」

「あんたとの打ち合わせどおり、あれはローザンヌで入手したことにしてあって、あいつもそう思っているよ。しかし、肝心の絵を警察に押収されてしまったもんだから、金を返せ、とうるさく泣きついてくる。おれは、あの絵を売ってくれた人物に確認してみるから、と言ってあるんだが」

「とにかくな、ポピールはこっちの飼い犬だから、なんとでもなる。そのへんは心配無用だから。それより、おまえさんとはもっと重要な用件について話し合いたいんだ。

どうだい、あんた、アメリカに渡航してみる気はないか?」

「何かを隠し持って税関を通り抜けるのはぞっとしないな」

「税関は問題じゃない。肝心なのは、向こうに渡ってからの商談なんだ。まず、ブツが向こうに渡る前にこっちで見て、それから向こうで、銀行の会議室のテーブル越しに、確認するわけだ。飛行機を使ってかまわんから。一週間の予定を組めよ」

「そのブツとやらは何なんだい?」

「なあに、小さな骨董品《こっとうひん》さ。イコンとか、塩入れの容器とか。まずはそれを見て、感想を聞かせてくれ」

「あの絵のほうの一件は?」

「心配要らん、おまえさんは絶対に安全だって」

クレベールとは、フランス国内だけで使用している名前だった。本名はペトラス・コルナス。彼はたしかにポピール警視の名前を聞き知ってはいた。が、ポピールは彼の飼い犬などではなかった。

32

運河船〈クリスタベル〉は、パリ東方のマルヌ川の岸辺に、もやい綱だけで係留されていた。トレブローが乗船すると、船はただちに岸を離れた。それは黒く塗装されたオランダ製の、船首と船尾が同型の両頭船で、甲板室が低いため橋の下を容易に通過することができた。甲板にはコンテナガーデンが設けられていて、各種の花の鉢が並んでいた。

船のオーナーは薄青い目の痩身《そうしん》の男だった。彼は舷門《げんもん》に立って、にこやかにトレブローを出迎えた。

「よくきてくれたな」片手をさしだして、中に入ってくれと促す。その手に生えている毛はふつうとは逆に、手首のほうに寝ていて、トレブローには薄気味悪く感じられた。

「ムッシュー・ミルコのあとについてってくれよ。下のキャビンにブツが並べてあるから」

オーナーはコルナスと共に甲板に残った。二人はテラコッタの鉢のあいだを歩きまわってから、小綺麗《こぎれい》な船上ガーデンで唯一《ゆいいつ》醜悪な姿をさらしている物体のわきで立ち止まった。それは五十ガロン入りのドラム鑵《かん》だった。胴体には魚が出入りできるような穴があいている。バーナーで切りとられた上部は、ワイヤーでゆるく胴体にくくりつけられており、下には防水シートが敷いてあった。そのドラム鑵の胴体をガンと叩《たた》いて、船のオーナーは言った。

「まあ、こっちにこい」

下甲板に移ると、彼は高いキャビネットをひらいた。中には各種の武器が入っていた。ドラグノフ狙撃《そげき》銃、アメリカのトンプスン軽機関銃、ドイツ製のシュマイザーが二挺《ちょう》。他の船との交戦に備えたパンツァーファウスト（対戦車擲弾筒《てきだんとう》）が五挺。それに各種の拳銃《けんじゅう》。オーナーが選んだのは、とがった先端が鋭く研磨されている三つ矛のヤスだった。

それをコルナスに手渡すと、オーナーは愉《たの》しげな口調で言った。「あいつをあまり切り刻みたくないんだ。きょうは掃除をしてくれるエヴァもいないんでな。あいつが警察にバラした内容を聞き出したら、甲板でやれ。あとでドラム鑵が浮き上がってこないように、やつの体にたくさん穴をあけて、たっぷり出血させておくといい」

「それだったら、ミルコに――」コルナスが言いかけた。

「やつを引き入れたのはおまえだ。おまえがドジを踏んだんだから、おまえがやれ。どうした、おまえは毎日肉を切り刻んでるんだろう？　あとでミルコがやつをここにつれてくるから、おまえがやつを刺し殺せ。やつをドラム鑵に詰め込むときに、ミルコに手伝わせればいい。やつの持っている鍵束《かぎたば》をとりあげるのを忘れるな。それを使って、やつの部屋を徹底的に探すんだ。あとで必要が生じたら、画商のリートも片づけよう。足がつくような手がかりは一切残さないようにしないとな。しばらく、美術品を扱うのは中止だ」

そこで、船のオーナーは口をつぐんだ。フランスにおける彼の名前は、ヴィクトール・ギュスタヴソンといった。

ヴィクトール・ギュスタヴソンは羽振りのいい実業家だった。扱っている主な商品はナチスの親衛隊が所有していたモルヒネと、新趣向の、男娼《だんしょう》もまざっている娼婦たちだった。ギュスタヴソンは通称で、本名をヴラディス・グルータスといった。

リートは命を保ったが、望んでいた絵は手に入らずじまいだった。二つの〝溜息《ためいき》の橋〟は、クロアチア賠償協定がリトアニアにも適用し得るのか否《いな》か、裁判所が決めかねている間、何年にもわたって政府の貴重品保管室で眠っていた。

トレブローはマルヌ川の底に埋まったドラム鑵から、視力のない目を瞠《みは》っていた。その頭はもはや禿《は》げてはおらず、緑色の藻やアマモが一面に付着して、若かった頃の髪のようにゆらゆらと水中で揺れていた。

レクター城から盗まれた絵画は、他のいかなる作品も、今後長期にわたって世間には出まわらないことになる。

その後ハンニバルは、ポピール警視の好意的な取り計らいで、押収された絵をときおり観《み》にいくことを許された。しんと静まり返った貴重品保管室で、警備員の監視のもと、彼の鼻炎性の吐息を聞きながらすわっていると、それでなくとも物狂おしい気持に襲われるものだ。

ハンニバルはかつて母に手ずから渡された絵に見入る。そして、過去はなお過ぎ去ってはいないことを思い知る。自分とミーシャの肌に生ぐさい悪臭を吐きかけた獣どもは、あれからずっと呼吸をつづけ、いまもなお呼吸しているのだ。彼は〝溜息の橋〟を壁のほうに向け、その裏にじっと目を凝らす。何分も目を凝らす。ミーシャの手形はいまは消え、ただ四角い空白が残っているにすぎない。ハンニバルはそこに、ふつふつとたぎるような夢を投射する。

彼はいま変貌《へんぼう》しながら成長している。いや、彼本来の存在としてこの世に現れつつあるのかもしれない。

T・ハリス
菊池光訳
羊たちの沈黙
若い女性を殺して皮膚を剝ぐ連続殺人犯〈バッファロゥ・ビル〉。FBI訓練生スターリングは元精神病医の示唆をもとに犯人を追う。

T・ハリス
高見浩訳
ハンニバル（上・下）
怪物は「沈黙」を破る……。血みどろの逃亡劇から7年。FBI特別捜査官となったクラリスとレクター博士の運命が凄絶に交錯する！

トマス・ハリス
宇野利泰訳
ブラックサンデー
スーパー・ボウルが行なわれる競技場を大統領と八万人の観客もろとも爆破する——パレスチナゲリラ「黒い九月」の無差別テロ計画。

ヘミングウェイ
高見浩訳
日はまた昇る
灼熱の祝祭。男たちと女は濃密な情熱と血のにおいに包まれて、新たな享楽を求めつづける。著者が明示した〝自堕落な世代〟の矜持。

ヘミングウェイ
高見浩訳
武器よさらば
熾烈をきわめる戦場。そこに芽生え、激しく燃える恋。そして、待ちかまえる悲劇。愚劣な現実に翻弄される男女を描く畢生の名編。

ヘミングウェイ
高見浩訳
われらの時代・男だけの世界
—ヘミングウェイ全短編1—
パリ時代に書かれた、ヘミングウェイ文学の核心を成す清新な初期作品31編を収録。全短編を画期的な新訳でおくる、全3巻の第1巻。

ヘミングウェイ
高見浩訳

勝者に報酬はない・キリマンジャロの雪
—ヘミングウェイ全短編2—

激動の'30年代、ヘミングウェイは時代と人間を冷徹に捉え、数々の名作を放ってゆく。17編を収めた絶賛の新訳全短編シリーズ第2巻。

ヘミングウェイ
高見浩訳

蝶々と戦車・何を見ても何かを思いだす
—ヘミングウェイ全短編3—

炸裂する砲弾、絶望的な突撃。スペインの戦場で、作家の視線が何かを捉えた——生前未発表の7編など22編。決定版短編全集完結！

H・F・セイント
高見浩訳

透明人間の告白（上・下）

ウォール街の証券マンが、ある日突然"透明"になった！　でも、透明のまま生きるのは決して楽ではありません。食事は？　買物は？

A・シュリーヴ
高見浩訳

パイロットの妻

夫の操縦する旅客機が墜落——。悲嘆に暮れる間もなく、不穏な情報と驚愕の事実が妻を襲う。全米280万部突破の話題作、文庫化！

M・グルーバー
田口俊樹訳

血の協会（上・下）

石油商人殺害現場で拘束されたひとりの女。彼女は信じがたい過去を告白ノートに綴る。策謀と信仰が激しくせめぎ合う戦慄の巨編！

S・ハンター
佐藤和彦訳

極大射程（上・下）

大統領狙撃犯の汚名を着せられた伝説のスナイパー・ボブ。名誉と愛する人を守るため、ライフルを手に空前の銃撃戦へと向かった。

D・L・ロビンズ
村上和久訳

クルスク大戦車戦（上・下）

一九四三年七月、ヒトラーは最後の賭けに出た。クルスク陥落を狙って、史上最大の戦車戦が勃発した。激闘の戦場を描いた巨編！

コールドウェル&トマスン
柿沼瑛子訳

フランチェスコの暗号（上・下）

ルネッサンス期の古書に潜む恐るべき秘密。五百年後の今、その怨念が連続殺人事件を引き起こす。時空を超えた暗号解読ミステリ！

H・ブラム
大久保寛訳

ナチス狩り

終戦直前の一九四四年九月、ユダヤ史上初の戦闘部隊が誕生した——彼らの極秘任務は、復讐を心に誓う壮絶なナチス狩りだった！

G・M・フォード
三川基好訳

憤怒

誰もが認める極悪人が無実？　連続レイプ殺人事件の真相を探る事件記者と全身刺青美女が見たのは……時限爆弾サスペンスの傑作！

G・M・フォード
三川基好訳

白骨

ある一家の15年前の白骨死体。調査を始めた世捨て人作家コーソと元恋人の全身刺青美女は戦慄の事実を知る。至高のサスペンス登場。

G・M・フォード
三川基好訳

毒魔

全米を震撼させた劇物散布——死者百十六人。テロと断定した捜査をよそに元記者は意外すぎる黒幕を暴くが……驚愕のどんでん返し！

フリーマントル
稲葉明雄訳

消されかけた男

KGBの大物カレーニン将軍が、西側に亡命を希望しているという情報が英国情報部に入った！　ニュータイプのエスピオナージュ。

フリーマントル
戸田裕之訳

城壁に手をかけた男（上・下）

米露の大統領夫妻を襲った銃弾。容疑者は英国人。三国合同捜査に加わったチャーリーは、尋常ならざる陰謀の奥深くへと分け入る。

フリーマントル
日暮雅通訳

シャーロック・ホームズの息子（上・下）

ホームズの息子セバスチャンは米国の秘密結社を探る任務に志願したが……。恋あり、暗号解読あり、殺人事件ありの痛快冒険小説！

フリーマントル
日暮雅通訳

ホームズ二世のロシア秘録

新聞記者を装いスパイとしてロシアに潜入したホームズの息子。ロマノフ王朝崩壊の噂を探るべく、ついにスターリンと接触したが。

フリーマントル
松本剛史訳

爆魔（上・下）

ロシア製のミサイルが国連本部ビルに撃ちこまれた。双頭弾頭にはサリンと炭疽菌が。国境を越えた米露捜査官が三たびコンビを組む。

フリーマントル
松本剛史訳

知りすぎた女

マフィアと関わりのある国際会計事務所の重役が謎の死を遂げた。残された妻と彼の愛人は皮肉にも手を結び、真相を探り始めたが。

ハンニバル・ライジング(上)

新潮文庫　ハ - 8 - 6

Published 2007 in Japan
by Shinchosha Company

平成十九年四月一日発行

訳者　高《たか》見《み》浩《ひろし》

発行者　佐藤隆信

発行所　株式会社 新潮社

郵便番号　一六二―八七一一
東京都新宿区矢来町七一
電話 編集部(〇三)三二六六―五四四〇
読者係(〇三)三二六六―五一一一
http://www.shinchosha.co.jp

価格はカバーに表示してあります。

乱丁・落丁本は、ご面倒ですが小社読者係宛ご送付ください。送料小社負担にてお取替えいたします。

印刷・錦明印刷株式会社　製本・錦明印刷株式会社

ISBN978-4-10-216706-9 C0197